そういやさ、最近よく
黒江さんと会うようになったよな
愛佳の
専属メイド
黒江《くろえ》
俺がお嬢様学校に「庶民サンプル」として拉致られた件 9
七月隆文
NANATSUKI TAKAFUMI
illustration 閏月戈
URUU GEKKA
JN211295

どんな嘘でも信じてしまうツンピュアなお嬢様（ぼっち）
天空橋愛佳《てんくうばしあいか》
え、特技？
命令はぜひ私に
ドSのメイド長
九条《くじょう》みゆき

神楽坂……悪いが全力で行かせてもらうぞ
実は可愛いもの好きな剣術お嬢様
神領《じんりょう》可憐《かれん》
お嬢様オブお嬢様
有栖川《ありすがわ》麗子《れいこ》
麗子さま、なんてお速いのでしょう……！
M・V・P!
M・V・P!
（メイドたち）
超天才＋どこでもパンツ脱ぐお嬢様
汐留《しおどめ》白亜《はくあ》

六合清子、という名前を耳にしただけで、お嬢様たちは涙ぐむ。
生徒会長
六合《ごう》清《きよ》子《こ》

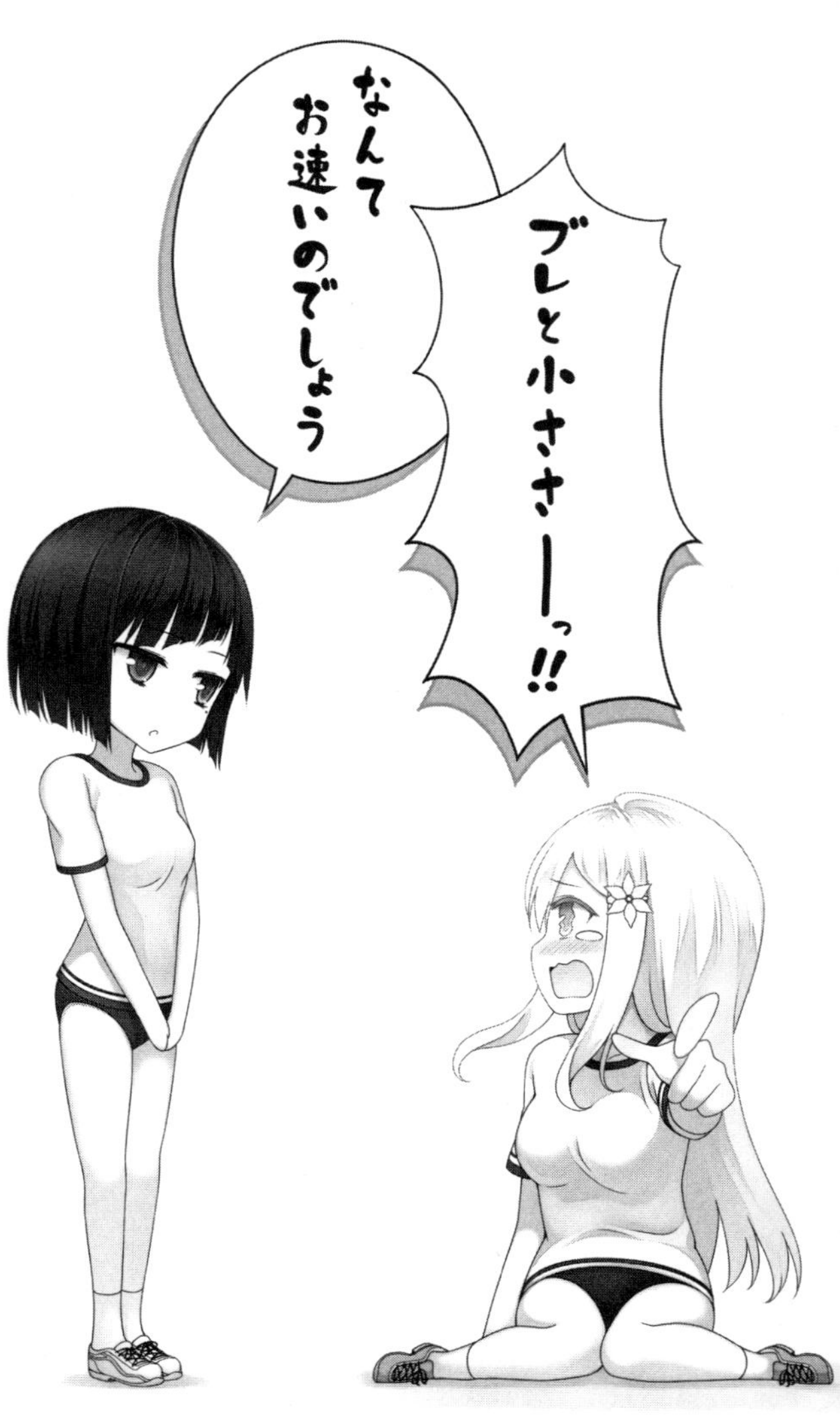
ブレと小ささーーっ!!
なんてお速いのでしょう

俺がお嬢様学校に「庶民サンプル」として拉致られた件 9

七月隆文

一迅社文庫

Menu

挿画：閏月戈
デザイン：百足屋ユウコ＆ナカムラナナフシ
（ムシカゴグラフィクス）

1話 ハウス

二学期に入って、最初の週末。

俺の清華院《せいかいん》での生活はすっかり元どおりになっていた。

つまり、せっかくの休みを満喫《まんきつ》すべく寮《りょう》の部屋でごろごろしていると、愛佳《あいか》が用もなくやってきて猫のごとく勝手に振る舞う。

コーラを飲みながら3DSをやっている愛佳も、すっかり元どおりだった。

夏休み中に家が破産して、退学になり、俺の家で家族ごと居候《いそうろう》する――なんてこともあったが、あれが遠いことのように感じられる。

「ねえ公人《きみと》」

「……なんだ？」

声に緊張が乗ってしまい、しまったと思う。愛佳に気づかれてないかな。

「ここ、どうやるの？」

ゲームの画面を見せてくる。

「ああ、そこは……」

愛佳がずりずり寄ってくる。

「ちょっ、来んなよ」

「なんでよ」

「べつにそんな近寄んなくても教えられるから」

俺は軽く距離を取った。

「なんで逃げんのよ！（ずりずり）」

「だから来んなって！　ハウス！」

「ハウス⁉」

叩《たた》かれた。

ゲームの攻略を教えたあと、俺はさりげなくベッドに避難する。

愛佳《あいか》と二人きりが、超気まずい。

なぜかというと、記憶が戻ったからだ。

一〇歳のクリスマス、あのパーティーの日に何があったのかをすべて思い出した俺は、誰にも知られてはいけない秘密も思い出すことになった。

それは愛佳に大きく関わることで――だからそれ以来、俺はこいつといると緊張するようになっていた。

……じりじりとした時間が過ぎる。

そうだ。出かけることにしよう。

俺は膝《ひざ》にぽんと手を置き、腰を浮かせる。

「ちょっと散歩にでも――」

「ねえ公人《きみと》」

「……なんだよ」

「なんだよ、じゃないわよ」

愛佳がテーブルを指でコツンとつつき、部下に説教する上司の顔で振り向いてくる。

「あんた、いつまでサボってるつもり？」

「サボる？」

「あたしを人気者にするプランよ！」

「…………」

「なによ」

「……ああ、そんなこともやったな。懐《なつ》かしい」

「過去完了にしないで！」

「まだやんのか？」

「無論よ！」

テーブルをばんっと叩く。

「あたしを人気者にすること、それがあんたのレゾンなんとかでしょ！」

「存在理由《レゾンデートル》な」

「そうよ！」

「無理に難しい言葉使うから」

「う、うるさいわね！　いいからさっさとやんなさいよ、このグズ公人《きみと》！」

俺を指さし、うふふ！　と笑う。

「そう、グズよ！　もう九月なのに成果も上がらず、あまつさえ勝手にｄｏｎｅみたいな過去完了にしているしまつ！　これがグズ公人と言わずになんというの⁉　グズグズよ！　公人はグズグズの化身！」

…………………やれやれ。

「いや、申し訳ない。いいのがなかなか思いつかなかったんだ」

「スランプってやつ？」

「そうだな。だが安心しろ、危機は脱した」

「じゃあ、あるのね？」

「ああ。――『ゆるキャラ』だ」

「ゆるキャラ……あっ、テレビでやってたやつ！」

「そうだ。庶民《しょみん》の間では今、ゆるキャラが大人気だ。その庶民最先端の流行を清華院《せいかいん》に持ち込んだら……どうなる？」

「大ヒットだわ‼」

「だろう。というわけで愛佳《あいか》、ゆるキャラをやろう」

「わかったわ！」

「じゃあ、ちょっと着替えてこい」

2話 さあ、もっとスタイリッシュに！

「着替えてきたわ！」

愛佳《あいか》が、緑色の全身タイツ姿で帰ってきた。

「よし。じゃあこれを持て」

俺は用意しておいたオリーブオイルの瓶《びん》を渡す。

緑の全身タイツでオリーブオイルの瓶を持つ愛佳に、俺はうなずく。

「完成だ。ここに新たなゆるキャラ、オリ――」

「へ？　ちょっと待って」

「なんだ」

「着ぐるみは？　ゆるキャラって、たしかそういうのでしょ。これじゃただの**オリーブオイルを持った全身タイツのお嬢《じょう》様**だわ」

実に的確だ。

「やれやれ。何もわかってないな」

「何がよ！」

「ちゃんとテレビを観《み》てたか？　星の数ほど存在するゆるキャラたちの中で人気を誇ってい

るのはどれも『ゆるくない』、むしろキモいキャラばかりだったはずだ」

「……！　たしかにそうだった気が——するわ」

「だろ。だからそれでバッチリだ」

「……つまり、今のあたしは、キモい？」

「ああ。——**いい意味で**」

「い、いい意味で……？」

愛佳が庶民《しょみん》のレトリックに翻弄《ほんろう》され、頭を抱える。

「……な、ならよし！」

やっぱりチョロかった。

「それに顔が出てないと、お前だってわからないだろ？　そんな状態で人気者になってもしょうがないじゃないか」

「たしかにそうだわ」

うんうんうなずく。

「それで？　キャラの名前は決まっているの？」

「ああ。『オリーブくん』だ」

「なるほど。だから緑のタイツでオリーブオイルなのね？」

「そうだ。設定としてはオリーブの妖精《ようせい》で、語尾に必ず『でも僕はオリーブオイル！』と言う」

すると、愛佳《あいか》がふっともの思うような顔をした。

「……それ、**もこみちじゃないの？**」

「オリーブくんだ」

「そ、そう……」

「あともう一つ。俺が『塩ファサー』と言ったら、こう、塩をつまむような手をしつつ、神が天から雨を降らすようなイメージで下ろせ」

愛佳がまた、もの思う顔をする。

「……ほんとに、もこみちじゃない？」

「オリーブくんだ」

押し通した。

「じゃあさっそく練習しよう。いいな、発言の最後に『でも僕はオリーブオイル！』と言うんだぞ？」

「わかったわ」

俺は、ケータイの録画ボタンを押した。

「オリーブくん。宿題はやったか？」

「やってないわ。**でも僕はオリーブオイル！**」

「飲みもん取ってくるけど、なんかいるか？」

「コーラ！　**でも僕はオリーブオイル！**」

「どっちだよ」

「コーラに決まってるでしょ!!」

「塩ファサー」

「……（塩をつまむような手をしつつ、神が天から雨を降らすようなイメージで下ろす）」

「塩ファサー」

「（塩ファサー）」

「いいぞ！　だいぶさまになってきた！」

「ほんとっ？」

「これで人気者間違いなしだ！　さあ、もっとスタイリッシュに！」

でも僕はオリーブオイル！
塩ファサー！

「地球に向けて届けるつもりで!!」

「でも僕はオリーブオイルッ!」

ガチャッ。

麗子《れいこ》たちが入ってきた。

麗子、白亜《はくあ》、可憐《かれん》は、ポーズを決めた緑タイツをぎょっとした目で見たあと、ほどなくすべてを悟《さと》ったように「……ああ」という感じになる。

「……愛佳《あいか》さま、そのお姿は?」

それでも麗子は一応、尋ねるのだった。

「庶民《しょみん》の間で人気の、ゆるキャラをやってたのよ」

得意げに答え、

「塩ファサー!」

自分で言って、天から塩を降らせた。

「「「…………」」」

そんな愛佳をせつなげに眺《なが》めたあと、三人は俺に仄《ほの》白いまなざしを向けてきたのだった。

3話 握手券入ってねーけど(笑)

「いいですわね、『ゆるキャラ』」

麗子《れいこ》がぽんと手を合わせ、

「あっ、でしたらみなさんで、ゆるキャラを考えません？　それを本日の庶民《しょみん》部活動にするというのはいかがでしょう？」

俺の無意味な戯《たわむ》れを、あっというまに有意義な方向に持っていく。さすがは清華院《せいかいん》が誇るお嬢《じょう》様オブお嬢様だ。

「そうだな」

俺もなんだか浄化される。ちなみに頭は愛佳《あいか》にボコられたタンコブだらけだけど、たいした問題じゃない。

「じゃあ、清華院のキャラを考えようか」

「まあ、素敵ですわ」

俺と麗子はにこやかに向き合う。こうしていると、とても和《なご》やかなひとときが……

「ごほんごほん！」

愛佳がわざとらしく咳《せき》をした。

「まったく、くだらないな」

可憐《かれん》が凛《りん》とした表情で言う。

『ゆるキャラ』などと、そのような軟弱《なんじゃく》なものに武人たる私が付き合えるか」

カバンから、いそいそと色鉛筆セット（三六色入り）を取り出している。

「なんで色鉛筆持ってんだよ」

「色鉛筆ではない！　水彩色鉛筆だ！」

「知らねえよ……」

「色鉛筆として使えるのみならず、濡《ぬ》らせば水彩絵具の効果も得られる……」

「（スルー）白亜《はくあ》も、いいか？」

白亜はいつものポジション──俺の膝《ひざ》に座って、俺の手からお菓子をあむあむ食べながら、こくん、とうなずいた。

「決まりだな。じゃあ描くものを──」

ガチャッ。

いきなりドアが開いて、白くて細い太ももが入ってきた。

否、**ショートパンツを穿《は》いた白くすべすべの白金《プラチナ》の延べ棒のごとき太ももをした**恵理《えり》が入ってきた。

恵理は驚《おどろ》く俺たちの空気をどすどす踏み散らすようにやってきて、無愛想《ぶあいそう》に俺を見る。

「何」

「なんもねーよ」

「ハ？　この人気声優様がわざわざ来てやったんだから、もっと喜ぶなりCD一万枚買うなりしろよ。握手券入ってねーけど（笑）」

入ってても買わねーよ。

「お久しぶりです、恵理《えり》さま。ようこそいらっしゃいましたわ」

麗子《れいこ》が歓迎の意を示す。

恵理は目だけで応《こた》え、俺の横にふてぶてしく座った。

「花江《はなえ》さん、久しぶり」

愛佳《あいか》が自然な感じで言った。

と、恵理はちらりと見返し、

「……おう」

小さく応え、目を逸《そ》らす。

……ん？

「で、何やってんだ？　なんかやろうとしてたんだろ、この感じ」

察した恵理に、俺は事情を説明した。

「――なら、恵理が審査《ジャッジ》してやるよ」

俺に持ってこさせたアイスティーを片手に言う。

「ゆるキャラってのは、女子人気が鍵《かぎ》だろ。現役女子高生かつ、人気稼業《かぎょう》の波にもまれている恵理ほどふさわしい人間はいねえって理屈。だろ、公人《きみと》？」

「まあ、たしかにそうだな」

「清華院《せいかいん》のゆるキャラなら、『せいかちゃん』でいいだろ」

「おお。っぽいな」

「ったりめーだっての」

「じゃあみんな、やろうか」

愛佳たちがうなずく。

かくして、せいかちゃんの制作が始まった。

4話 寂しい思いをしてそうだ!!

スケッチブックとシャーペンを手に、みんなが各々の場所でデザインに取り組んでいる。

……難しいな。

俺は額をおさえる。普段絵なんか描かないから、どうすればいいかぜんぜんわからない。

まわりを見た。

愛佳《あいか》は最初「簡単そう」とか言ってたが、案の定、うんうんうなっている。白亜《はくあ》も手が動いていない。

一方、麗子《れいこ》と可憐《かれん》は快調のようだった。

麗子はシャシャシャッと迷いなくペンを走らせ、可憐はおそらく描いてるキャラと同じ表情になってしまっている。

「できましたわ！」

麗子が一番手になった。

「早いな。じゃあ見せて」

「ど、どうぞっ」

麗子が、はにかみながら恵理《えり》にスケッチブックを差し出す。俺たちも後ろに回って、見た。

せいかちゃん様

上手《うめ》えええええええええええええええええええええええけど違ええええええええええええええええええええええ!!


「ど、どうなさいました、公人《きみと》さま……？」

麗子《れいこ》が不安げに聞いてくる。

「えっ？　いや、うん、うまいと思う…よ？」

「まあ、ありがとう存じます！」


「没《ぼつ》」


恵理がバッサリ断じた。

「ハ？　なにコレ？　ぜんぜんゆるくないじゃん。あんた、ゆるキャラってわかってる？　これ、こういうの」

恵理《えり》がスマホで麗子に見せる。

「どう？　違うっしょ？　あんたの絵と」

「………たしかに違いますわ」

「ちょっと可愛《かわい》いからって調子乗ってんじゃねーぞ」

ネットでアイドルを叩《たた》く既婚《きこん》女性の方々か。

「よく見て勉強しろ。まずここに並んでるキャラ、全部模写するとこから始めろ」

「お、おい恵理、そこまでやんなくていいだろ」

「何言ってんだ。やるからにはちゃんとやんなきゃダメだろうが」

——あ、スイッチ入ってんな。

腐れ縁の俺にはわかった。こいつは自分がやってるレベルの努力を他人にも求めるところがある。

「公人さま、恵理さまの仰《おつしや》るとおりですわ」

麗子が微笑《ほほえ》む。

「恵理さまは真剣に指導してくださっているのですもの。わたくし、せいいっぱい努めますわ」

そう言って、くまモンの模写を始めた。

けなげだ。

そのとき——俺の頭にふぁさっ、と甘い匂《にお》いのする布が落ちた。

手にしてみると……久しぶりの、白亜《はくあ》のパンツだった。

ガガガガッ……！

白亜が脱衣《パージ》しながら、猛烈な勢いでスケッチしている。

「おい白《はく》――」

「見んな変態!!」

恵理《えり》のアイアンクローで視界がふさがれた。

暗闇《くらやみ》と頭蓋《ずがい》が軋《きし》む感覚の向こうで、白亜《はくあ》に服を着せようと格闘する音と揺《ゆ》れが伝わってきた。

「できた」

白亜が恵理にスケッチブックを提出する。

「いい出来」

その無表情からは、事を成したプロフェッショナルのドヤオーラが滲《にじ》んでいた。

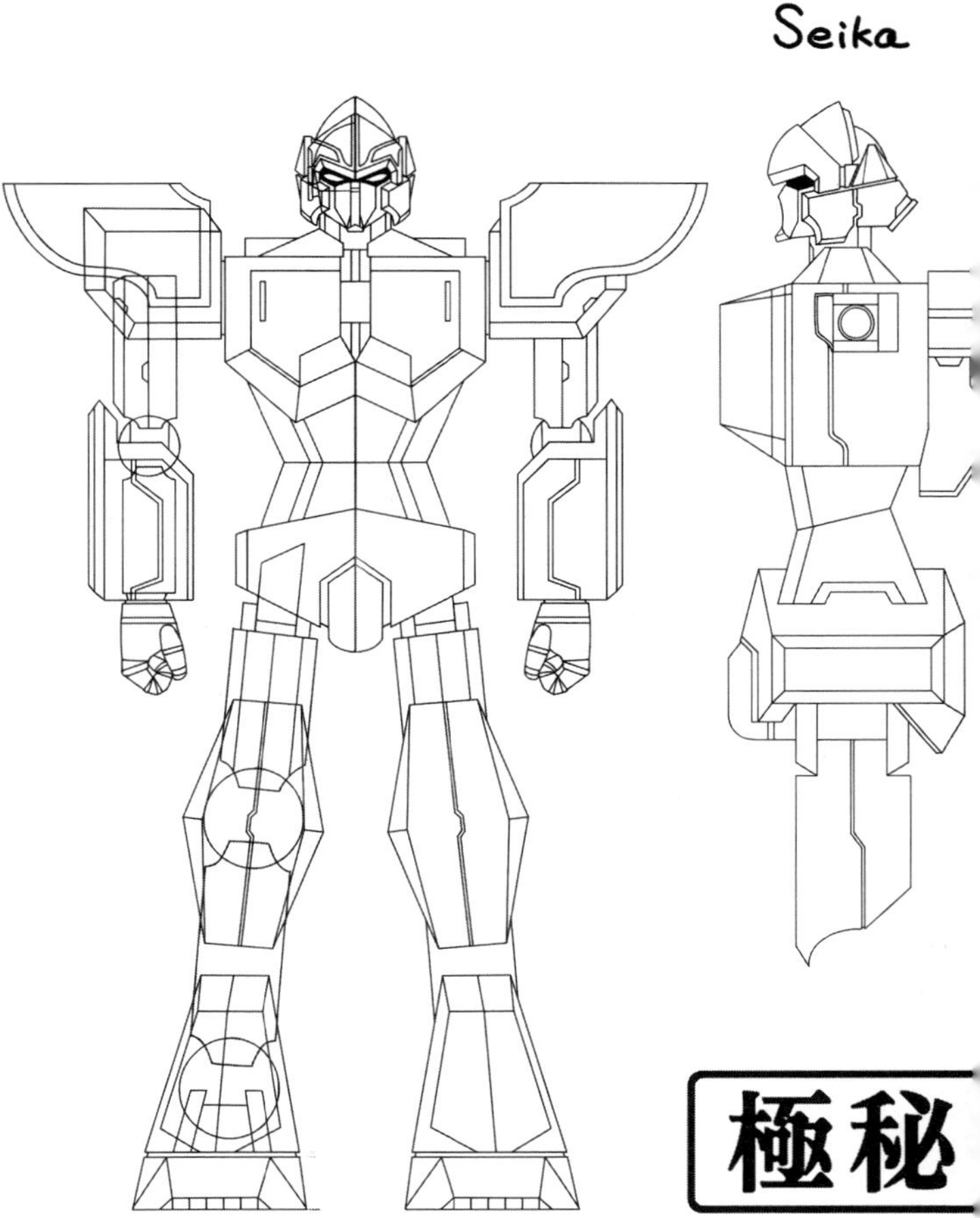
Seika
極秘

白亜《はくあ》も、くまモンの模写を命じられた。

そんな中、まわりに一切反応せず、制作に没頭《ぼっとう》している奴《やつ》がいた。

可憐《かれん》だ。

大好きなコンテンツである白亜の裸体にすら気づかないほどの集中力で、何度も自主没《ぼっ》や黙考を繰り返している。武人の品格すら漂《ただよ》う静謐《せいひつ》さだ。

やがて、小刀を置くように水彩色鉛筆（ピンク色）を置いた。

「………できた」

そして、スケッチブックをすいと恵理《えり》に寄越す。

恵理も若干、気圧《けお》されたように受け取り、作品を――見た。

……おお……。

いい感じだ……！

「まあ素敵！」

麗子《れいこ》が絶賛する。

「なんて愛らしいのでしょう。ねえ白亜《はくあ》さま？」

「(こくん)」

「さすが可憐《かれん》♡」

愛佳《あいか》が後ろから頭を撫《な》でると、

「ありがとう愛佳♡」

可憐ももたれて、二人でイチャイチャする。それを麗子が、なぜかむっとした目で見ている。

俺はゆるキャラの良し悪《あ》しってあんまりわからないけど、それでも「っぽいな」って感覚はあった。お嬢《じよう》様たちの女子センサーにも響《ひび》いているようだ。

「恵理《えり》はどう思う？」

「…………」

恵理はイラストをみつめたまま、むっつり黙り込んでいる。それはさながら、嫁《よめ》の失敗をみつけたいのにみつからないという姑《しゆうとめ》の顔だった。

「やるじゃん、可憐」

俺が言うと、可憐はまんざらでもなさそうに、

「ま、まあ？　私にかかれば他愛ないということだ。このような可愛《かわい》……浮《うわ》ついた絵など、私は生まれて初めて描いたのだがな？　あーあ、くだらないものを描いてしまったなっ」

長い髪を、せかせかいじる。

「俺と愛佳のも残ってるけど、もうこれが『せいかちゃん』ってことでいいんじゃ――」

「せいかちゃんなどではない」

可憐が遮《さえぎ》る。

「彼女は、シャルロッテだ」

「……は？」

可憐はスケッチブックに描いたウサギのゆるキャラを見つつ、

「エテルナ王国の第四王女。王が亡《な》くなった先妻に代わり、新たに娶《めと》った妃《きさき》との間に生まれた初めての子だ。ゆえに他の兄姉から距離を置かれ、いつも寂しい思いをしている」

おやおや。とってもきな臭いですよ？

「今年で御年一〇になられたシャルロッテ王女殿下は誕生日の朝、偉大なる魔《ま》法《ほう》使いドゥルーズより予言を――」

「お、おい可憐」

何かのプロローグが始まりかけたところで、止めた。

「俺たちは、ゆるキャラのせいかちゃんをデザインしてたんだよな？」

「いかにも」

「じゃあこれは、せいか――」

「シャルロッテ王女殿下だ」

「…………うん、そうか」

俺はうなずくしかなかった。

「趣味は切手集めだ」

「寂しい思いをしてそうだ!!」

5話 ✣ そんなもの人に近づけるな！

「まだできねーの？」

恵理《えり》が俺に催促《さいそく》する。

「悪い、ぜんぜん」

「見せてみろよ——うわ、マジなんも描いてねえ！」

「苦手なんだよ、こういうの。知ってるだろ」

恵理がハッと笑う。

「知ってるだろ？　だって。カレシかっての。あーあやだやだ、ぷぷっ。そんなバカなこと言ってる暇《ひま》があったら、ちょっとでも手を動かしてもらえませんかねー」

「え、恵理さまっ」

麗子《れいこ》が見かねてフォローに入ってくれる。麗子は俺の心のオアシスだな。

まったく筆が進んでいないのは、俺以外にもう一人いた。

愛佳《あいか》だ。

恵理が、愛佳をロックオンした。

視線に気づき、愛佳があたふたとなる。

「ご、ごめんなさい」

「恵理《えり》さま、どうか穏便《おんびん》にっ」

恵理はテンパる愛佳《あいか》をじっとみつめ――

「……まだ時間、あるから」

…………へ？

恵理は愛佳から視線を逸《そ》らし、それ以上何も言わなかった。

俺も麗子《れいこ》も「？」となる。

直後、愛佳が閃《ひらめ》いた目をして、えっちらおっちら手を動かし始めた。

「できた――――っ!!」

スケッチブックを石版のごとく掲《かか》げる。

「うん！　いい感じ！　いいと思う!!」

文字どおりの自画自賛《じがじさん》をした。

愛佳とはいえ、そこまで言われれば気になってしまう。

「どんなだ？」

「わたくしにも見せてくださいませ」

「愛佳の作品、楽しみだ」

「……（白亜《はくあ》）」

みんなも興味津々《きようみしんしん》という感じで集まってくる。

恵理も「ほう？」という顔だ。

その反応がいたくお気に召したらしく、愛佳は頬《ほお》をテカテカさせながら、ふふんと笑う。

「もーしょうがないわね？　ほらっ！」

「スプ●じゃねー―か!!」

俺はあらん限りにツッコんだ。

絵から放たれる禍々《まがまが》しいオーラに麗子《れいこ》は蒼白《そうはく》となり、白亜《はくあ》は目を開けたまま気絶している。

「……な、なによその反応!? いいでしょこれ!? 特にこの口許《くちもと》——」

ぽん、と可憐《かれん》が愛佳《あいか》の肩に手を置く。

「愛佳。私にはわかる」

その温かなまなざしに、愛佳がほころぶ。

「可憐……」

「それはジルベールが倒すべき魔王《まおう》、ザッハークだ」

「ザッハーク!?」

恵理《えり》が眉間《みけん》に縦じわを寄せ、無言でいる。

「花江《はなえ》さんはどう!?」

愛佳がス●ーをずいっと押しつける。

ちょっ、**そんなもの人に近づけるな!**

恵理の眉《まゆ》がぴくっと跳ねる。出てくる罵詈《ばり》雑言《ぞうごん》に備え、俺は顔を逸《そ》らした。

「………まあ、いいんじゃねーの?」

は!?

「そ、そうよね!? よかったぁー!」

「なんつーか、惜《お》しい、感じ？」

などと言う恵理を、俺は信じがたい思いでみつめている。さっきから感じてたけど――

「え、恵理さまっ！」

麗子が珍しくむすっとした顔で訴える。

「先ほどから、愛佳さまにだけ甘くありませんか⁉」

「そ……そんなことねーよ！」

「いいえあります！」

「私もそれは感じていたぞ！」

抗議する麗子と可憐を、恵理はそっぽを向いてスルー。

俺から見ても、それは確かだと思う。

なんでだろう。なんか二人の間であったのかな。

6話　いや、ほんと普通なんだって

「……できた」

俺はようやく描き上げた。

「やっとかよ」

恵理《えり》が毒づく。たしかに時間がかかってしまった。

「楽しみですわ」

麗子《れいこ》が曇りのない笑顔で言う。

「いや、普通っていうか、ヘタだから……」

謙遜《けんそん》でもなんでもない。男子にゆるキャラ描けっていうのが、そもそもハードル高いと思う。

「最後までかかったんだから、いいもの出しなさいよ」

「そうだ。さんざん私たちにイチャモンをつけたんだからな」

愛佳《あいか》と可憐《かれん》が言ってくる。

こんなことなら、おとなしくしとくんだった……。

俺の作品は「絵心のない男子が描いたらこうなる」みたいな典型で、オチになるような面白味はまったくない。

白亜《はくあ》もじっと注目している。その無色のまなざしには、はっきりと興味がにじんでいた。

俺は溜息《ためいき》をつき、スケッチブックをみんなの方に向ける。

「いや、ほんと普通なんだって」

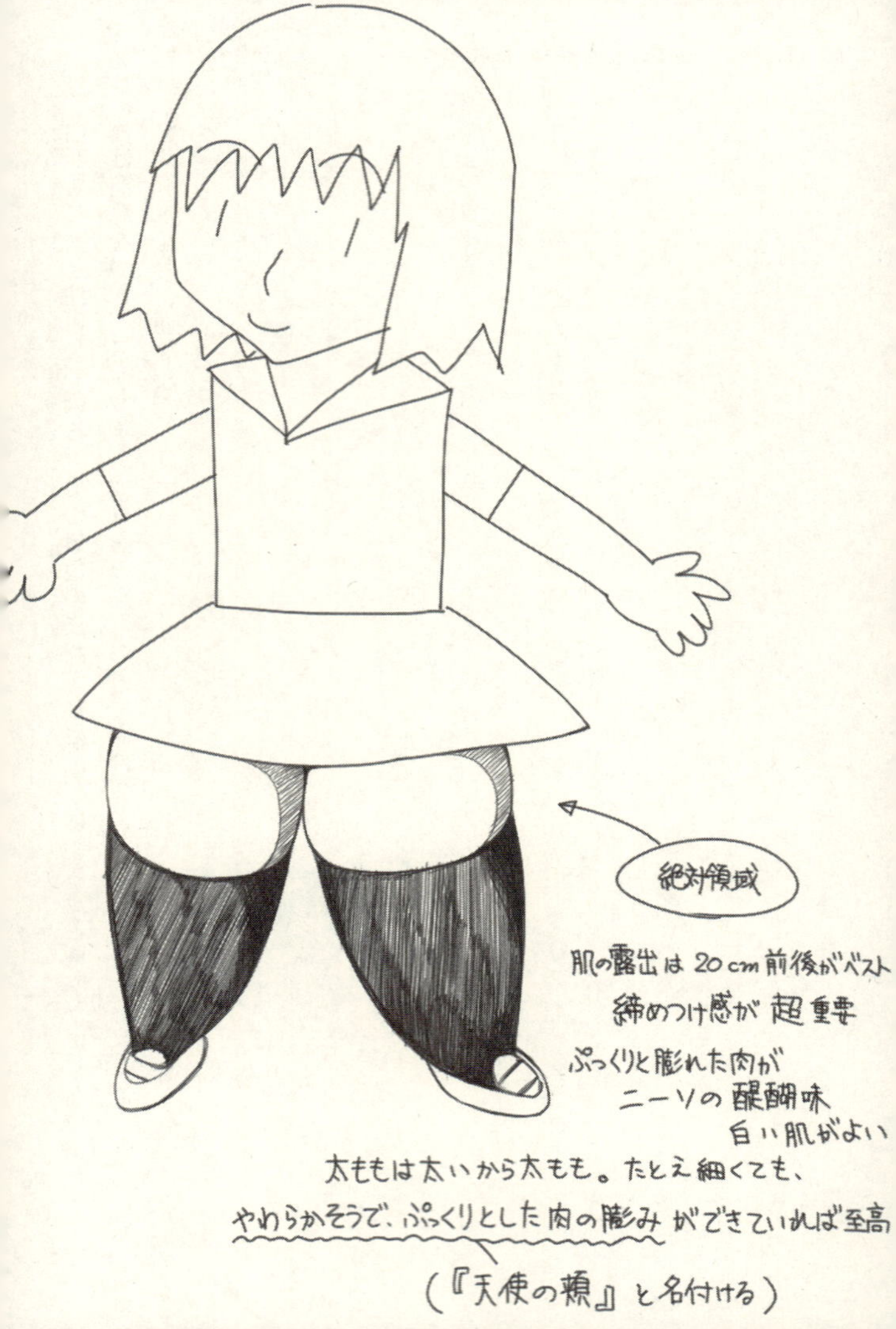

絶対領域
肌の露出は 20cm 前後がベスト
締めつけ感が 超重要
ぷっくりと膨れた肉が
ニーソの 醍醐味
白い肌がよい
太ももは太いから太もも。たとえ細くても、
やわらかそうで、ぷっくりとした肉の膨みができていれば至高
(『天使の頬』と名付ける)

愛佳《あいか》、麗子《れいこ》、白亜《はくあ》、可憐《かれん》、恵理《えり》が、絵をみつめたまま一言も発しない。

普通すぎて突っ込みようがないんだろう。しょうがない。

「アハハ。な？　特に面白味もないし、中途半端《ちゅうとはんぱ》な下手《へた》さっていうか」

五人の女子が無言のまま俺から距離を取り……背中を向ける。

そして、和《なご》やかにお茶会を始めた。

まるで、この部屋には男子《俺》など存在していないかのような空気で、いつのまにか居場所を失った俺は、ザリガニのごとく角に追いやられていた。


………あれ？

7話　黒江さんは不思議な人だった

控《ひか》えめなノックが響《ひび》いた。

庶民《しょみん》部が終わり、夕食まで軽く宿題をやっていたタイミング。

俺の部屋に入るとき、わざわざノックする人はもはや限られていて、それは白亜《はくあ》のメイドの崎守《さきもり》さんか、あとは最近加わった——

「……失礼します」

黒江《くろえ》さんだ。

愛佳《あいか》の専属メイドである黒江さんは、色白で、もの静かで、独特の空気感を持っている人だ。

黒江さんが俺をじっとみつめてくる。

その黒い瞳《ひとみ》は地味で陰があるけど、濡《ぬ》れた感じがなんとも言えず色気があって、引きつけられる。

「お邪魔《じゃま》でしたでしょうか」

「いや、また愛佳が忘れ物？」

「……はい」

黒江さんは軽くお辞儀してから、部屋の中を歩き回る。

この静かな間合いはなんだろう、たまたまベランダに入ってきた小鳥がちょんちょん歩いているような、妙な可愛《かわい》らしさだ。

黒江さんが探《さが》すのをやめる。

「なかった？」

「はい。どうやらここではないようです」

「そっか」

出ていくのかと思いきや、黒江さんは動かない。

「……いい、天気ですね」

黒江さんが言った。

窓の外は、夕暮れの気配。

「あ――うん」

「…………」

黒江さんの表情が、じわりとテンパってくる。もの静かだけど、思ってることがわかりやすい。

「お片付けします」

「え、いいよ」

止める間もなく、屈《かが》んで黙々と手を動かし始めた。

俺はそれを眺《なが》めつつ、世間話的に何気なく言う。

「愛佳《あいか》、最近よく忘れ物するんだな」

黒江《くろえ》さんの手が止まる。

そしてなぜかまた、テンパった表情になる。

「どうしたの？」

「……いえ」

心なしかぎこちなく応《こた》え、片付けを再開した。

俺は話題を変えることにした。

「そういやさ、最近よく黒江さんと会うようになったよな。前まではぜんぜんだったのに」

「――」

黒江さんが固まる。

耳が真っ赤だ。涙目になって、全身がぷるぷる震えている。

「だ、大丈夫？」

「…………はい」

消え入りそうな声だった。

「ほんとに？」

こくこく……っ、とうなずいた。

両耳を手で覆《おお》い隠して、じっとした。

「……愛佳さまのメイドですから」

「え？」

「愛佳さまのメイドですから。……会います」

「ああ――そっか。たしかに愛佳の担当なんだから、よく会うのが普通だよな」

……こくっ、とうなずく。

じゃあ逆に、どうして今まではほとんど会わなかったんだろうという疑問が湧《わ》いてきたけど、そこをつつくと黒江さんがえらいことになってしまう予感がしたので、やめておいた。

「……ご迷惑でしょうか」

「え？」

「……こうして、お伺いするのは」

「そんなことないよ、ぜんぜん」

すると、黒江さんがひと呼吸の間を置いて。

「……よかったです」

小さくつぶやく。その口許《くちもと》がほんのわずか、微笑《ほほえ》んだように見えたとき――

ガチャリ――とドアが開いた。

「失礼します」

みゆきだった。メイド長の表情で室内を見渡したあと、

「お兄様っ♡」

抱きついてきた。

「えっ⁉」

「用もなくやってまいりました♡」

俺は戸惑う。みゆきが甘えてくるのはもはや日常茶飯事だったが、それは二人きりのときに限る。

「ちょっ、待て！　今は黒《くろ》――……あれ？」

黒江《くろえ》さんがいない。

ほんの今までそこにいたのに、どうやってこの一瞬で出ていったんだろう。

「どうなさいました？」

「あ……いや」

黒江さんは不思議な人だった。

8話　白亜と過ごすなにげない休日その3

白亜《はくあ》と、給湯室で弁当を作っていた。

俺はおかずを弁当箱に詰めている。俺の青いやつと、白亜のピンクのやつ。

白亜はいつもよく食べてる感じだから「こんな小さい箱でいいのか？」と聞いたけど、大丈夫と譲《ゆず》らなかった。なんなんだろう。女子の心理というやつかもしれない。

「よし」

詰め終わった。

「白亜、おにぎりできたか？」

「…………」

白亜は最後の一個を握っているところだった。

ぶかぶかのエプロンを着け、小さな両手でごはんをまん丸にしている。集中した顔のフンフンっ、とばかりの気合が可愛《かわい》らしかった。

握り終わったおむすびを手のひらに載《の》せ、職人みたいな目でじっと形を吟味《ぎんみ》する。こくん、とうなずき、皿に移した。

六つのおむすびが等間隔《とうかんかく》に並んでいる。

俺がふりかけの袋を取り出し、おむすびにかけようとすると——白亜にぐいっと両手で止められた。

「これは海苔《のり》よりふりかけの方が彩《いろど》りがあって可愛《かわい》くなるな。どれ」

白亜《はくあ》が誇り高くうなずく。鼻からふしゅっ、と息が洩《も》れる。

こくん。

「おお、きれいだな」

ふるふる。と首を振る。

「え？　……あ、自分でやりたいのか？」

こくん。

「そうかそうか、悪かった」

笑ってふりかけを渡す。

白亜はおにぎりをじっとみつめながら、金粉をまぶすような慎重な手つきでふりかけを落としていく。こだわり屋さんなのだった。

「——よし、できたな」

白亜渾身《こんしん》のおにぎりを入れた弁当が完成した。

今日は、これを持って二人でピクニックに行く。

梅雨《つゆ》の時期、行こうとして雨で流れてしまった。そのリベンジというわけだ。

ぱんぱん。弁当ができたとたん、白亜が両手で台を叩《たた》く。「早く早く」と急《せ》かしている。

「はいはい」

苦笑しながら弁当を包む。

「ほら、エプロン脱ごうな」

脱がせてやってる間も、その場で足をとんとん上下させた。もう、はち切れんばかりだ。

「じゃあ、部屋に戻って支度しよう」

言い終える前に白亜が給湯室を飛び出し、廊下《ろうか》を走っていく。

俺はゆっくりあとを追いながら、

「こらこら、お嬢《じょう》様が走ったらダメだぞ」

ぜんぜん聞かない。

ちょっと行ったところで立ち止まり、こっちに振り返って「早く来て」とばかりに足をとんとんさせた。

「――じゃあ虫除《よ》けかけるぞ」

部屋で、白亜の腕を持ち上げる。

ノースリーブのワンピースから伸びた腕は、白くて、ちょっとぷにっとしていた。

「シュー」

スプレーすると、白亜がちょっと顔をしかめた。

そのあと、俺もかけた。

「弁当は俺が持とうか？」

ふるふる。

「自分で持つか？」

こくん。

「よし。なら白亜《はくあ》のリュックに入れよう。白亜の大事な弁当だもんな」

俺は、弁当を入れた小さいリュックを白亜に背負わせた。

白亜の目に、んっ、と気合いが入った。

「あと、今日は陽差《ひざ》しが強いから」

崎守《さきもり》さんから預かった麦わら帽子をかぶせた。

「おお。可愛《かわい》いな」

すると白亜はとてとてと鏡の前に行き、自分の姿をたしかめる。

満足げな沈黙。

でもそれで一刻も早く出かけたい衝動《しょうどう》がぶり返したようで、振り向いて足をとんとんした。

「わかったわかった、ほら行こう」

白亜とのピクニックが始まった。

目的地は、林を抜けたところにあるというお花畑。けっこう遠い。

梅雨《つゆ》の時は湖に行く話だったけど、そっちは庶民《しょみん》部のキャンプで行ったから。

建物の集まったエリアを抜けると、すぐに開けた景色になる。

山に囲まれたのどかな平野。美しい日本の自然、という感じだ。

俺たちが歩いているわきには、運動部の各種競技場が広々とあって、ラクロス部が練習しているのが見えた。

「練習してるな」

こくん。

お嬢《じょう》様たちが声をかけ合いながら動いている。けっこう激しいけど、チェックのスカートがお嬢様らしさを出しててすごくいい。

スカートがめくれると、黒いスパッツに包まれた**太ももが露《あら》わになる。いや、スパッツだから隠れてはいるのだけど別の意味においては露わになっていると言える。ニーソが太もも以外を覆《おお》い隠しそれのみを露出させることで太ももの表層——肌などといった——の【質感《テクスチャア》】を強調するものであるならば、スパッツはあえてそれを覆い隠し、黒いシルエットと化すことでその純粋《じゅんすい》な【形態《フォルム》】を我々に明示する。畢竟《ひっきょう》、スパッツとニーソは一見すると相反するものでありながら、より高次においては同一の存在**

ぽすっ！

白亜《はくあ》に、きつめに叩《たた》かれた。


しばらく行くと、案内板があった。

「あの森を抜けた先だな」

俺は白亜の様子を見る。高原で多少は涼しいけど、歩けば汗ばむ陽気ではあった。

「大丈夫か？」

「平気」

「よし、行こう」

森に向かう。木の板で『野鳥の森↓』と立ってる先から、砂利《じゃり》の道が草に覆《おお》われていく。

その奥に、森の入口。

おお、なんかゲームみたいだ。

入っていく。シャクシャクと草を踏む音、腐葉土の匂《にお》い。ここには整備の手が完全には届いてないみたいで、枯れ枝がたくさん落ちてたり、丈の長い草がぼうぼうに生えてたりする。

枝をぽきりと踏みながら進んでいると、なんか「道を切り拓いてる」っていうか、冒険心がくすぐられて楽しい。ガキの頃のわくわくを思い出す感じだ。

俺は楽しい。けど白亜はどうだろうと振り返る。

白亜は顔を上向きにし、森の全体を見渡している。その瞳《ひとみ》が木漏《こも》れ日のようにきらきらしていた。

一本の木があった。

縦の溝《みぞ》が深くごつごつとした樹皮を、緑の苔《こけ》が覆っている。

俺はつい触りたくなって、手のひらを当てる。見た目よりも乾いたざらつき。

白亜も来て、俺の下でぺたりと手を当てた。

「どうだ？」

「ざらざらしてる」

「楽しいな」

「楽しい」

鳥が鳴く。


森を抜けると、原っぱが広がっていた。

通り道で二分された原っぱが、それぞれ細い紐《ひも》で囲われている。

その右側で、作業服を着た女性が二人、立ち話をしていた。

こっちに気づいて目が合う。

俺が会釈すると、あらまあ、という顔で近づいてきた。

「あなたたしか、庶民《しょみん》サンプルの」

「あ……はい」

「そうよね！」

「私、初めて見た」

じっと見てくる。二人ともたぶん二〇代で、眼鏡《めがね》をかけていた。

「こちらは白亜《はくあ》さまね」

「ああ、あの天才少女」

ほほう……と興味深そうにみつめる。

「あの、花畑ってあっちですか？」

俺が聞くと、

「そうよ。一〇分くらいかな」

「二人でピクニック的な？」

お嬢《じょう》様やメイドに比べると、だいぶ口調がくだけている。

「ええ」

俺は白亜の麦わら帽に手を置く。

「弁当食うんだよな？」

こくん。

白亜の仕草に、二人が目を細めた。

「ところで、お二人は何をされてるんですか？　ここで」

「ああ、環境調査」

「ここに生えてるナデシコの数をかぞえてるのよ」

環境調査。

「このロープで囲ってるところですか？」

「そうそう」

改めて見渡す。けっこう広い。

「大変ですね」

「まあ、手分けしてやるからそれなりよ」

白亜が身を屈《かが》めて、じっと草原をみつめている。

「ほら、そこに咲いてるでしょ」

お姉さんが指さす先で、白と薄紅に色づくナデシコが草に紛《まぎ》れてそっと咲いていた。

お姉さん達と別れ、俺たちは引き続き花畑に向かっていた。

「おっ」

俺が目を留めたものに向かって、白亜《はくあ》が小走りで寄っていく。

白い花の群生だった。

一平方メートルくらいの狭いものだったけど、目を引く特徴があった。

まっすぐ伸びた花が同じ高さで密集していて、まるで浮き出た白い島のようになっているのだ。

「……雪の島」

白亜がつぶやく。

「そうだな。そんな感じだな」

「ミツバチ」

白い花の上で、ミツバチが何匹も飛んでいる。蜜《みつ》を採るのに夢中で、こちらに危険はなさそうだ。

「蜜をもらう代わりに、花の受粉を手伝うんだな」

白亜が振り仰いでくる。

「取引《トレード》？」

「そうだな。まあ、助け合いとも言う」

「助け合い」

また花の上を飛ぶミツバチを見る。

「白亜、この花がなんていうか知ってるか？」

ふるふる。

俺はたまたま知っていた。それは、この花の清楚《せいそ》な見た目からは想像できない意外なものだ。

「白亜も知ってる、身近な野菜の花なんだ」

「野菜……」

「なんだと思う？」

白亜は花をみつめながら、しばらく考え…………頭を抱え罪人のように跪《ひざまず》いた。

「せ、正解は『ニラ』だ！」

あわてて言った俺に、疑いのまなざしを向けてくる。

「ほんとだぞ。その証拠に、草の部分をちぎるとニラの匂《にお》いがする」

「…………」

白亜が手を伸ばそうとする。

「そっちはハチがいて危ないから、こっちの離れた花にしよう」

そして白亜は草の部分を少しちぎって、自分の鼻に近づける。

顔が、くしゃっ、となった。

「あはは」

たまらず笑うと、ぽすぽす叩《たた》かれた。


はっとさせられる、鮮やかなピンクだった。

道を歩いていると、芝の向こうに広い花畑が見えてきた。

「すごいな」

「………」

白亜《はくあ》は応《こた》える余裕もなく、ひたすらに見入っているふう。

近づくにつれ、コスモスだとわかる。薄いピンクと紅《あか》に近いコスモスの花が混じり合って、彩《いろど》りがとてもきれいだった。圧巻だった。

もっとちらほら咲いてるイメージの花だったけど、この花畑の密度は夥《おびただ》しくて、絶景！っ
て感じだった。

「マジですごいなぁ……」

男の俺でもテンション上がる。

「めっちゃきれいだ」

花って、すごいんだな。

隣を歩く白亜は、じっと押し黙っている。感動しているのが伝わってきた。

でも、駆け寄っていったりはしない。その理由は俺にもわかった。

こうしてゆっくり近づくことで花の眺《なが》めが変わっていくのが楽しいからだ。

すぐそばまで来て、白亜がしゃがむ。花をみつめる。

俺もそうした。しゃがんで低くした視界に、コスモスの花畑が地平線のように広がる。

花の大地。そんな眺めだった。ほのかに香るようだった。

「きれいだな」

白亜は静かにうなずいた。

「あの木のところに行こうか。あそこで弁当食べよう」

俺たちは立ち上がって、葉を茂らせた木に向かう。そうしながらも、花畑を眺めた。

「ここにしよう」

木陰にシートを敷《し》き、座った。

正面にはいっぱいの花畑。

「贅沢《ぜいたく》だな」

「贅沢？」

「ああ。こんないい景色見ながら弁当食えるなんて最高だろう。贅沢だ」

白亜が、言葉の意味をたしかめるように花畑を見る。

「贅沢《ぜいたく》」

こくり、とうなずいた。

「じゃあ弁当出そうか」

白亜《はくあ》の全身から光が放たれる。

うきうきとした空気をにじませながら、リュックから小さな弁当箱を取り出した。

包みを解いて、白亜と俺はそれぞれの弁当箱のフタに手をかける。

「よーし、開けるぞ？　せーの」

同時に開けた。

唐揚《からあ》げ、出汁《だし》巻き玉子、水菜とツナのサラダ、たこさんウインナー。そして白亜のおにぎり。

白亜の瞳《ひとみ》が輝いた。

興奮で頬《ほお》がちょっと上気している。

「じゃあ、いただきます」

「いただきます」

白亜が出汁巻き玉子を箸《はし》で半分に切り、ぱくりと食べた。

好みに合わせて、出汁と調和するぎりぎりまで甘くしてある。

——どうだ。

白亜がまぶたを閉じ……味わう表情になった。

——よし！

心の中でガッツポーズした。

俺は、白亜のおにぎりを食べる。

小さくて、なんだか白亜の可愛《かわい》らしさがそのまま出ているような食感のおにぎりだった。

見上げてくる視線を感じた。

「うまいぞ。白亜はおにぎり作るの上手《じょうず》だな」

すると白亜がゆっくりうつむき、口からふーという感じの息を洩《も》らした。ほっとしたんだと思う。気持ちはわかる。

「弁当おいしいな」

「おいしい」

「コスモス、きれいだな」

「きれい。……でも」

白亜が言う。

「ナデシコも、ニラも、きれいだった」

澄んだまなざしで前を見ていた。

「だな」

俺はうなずく。

「ナデシコも、ニラも、きれいだったな」

白亜《はくあ》がこくん、とうなずいた。

そよ風が吹いてくる。

肌が冷やされて心地いい。

――ああ。

うまいものを食べて。

花はきれいで。

満たされる。

「最高だなあ」

白亜も気持ちよさそうに目を細めている。


弁当を食べ終わったあと、二人でぼんやりしていた。

白亜はいつもどおり俺の膝《ひざ》に座り、もたれかかっている。

けど、なんだろうか。

時折もぞりと曲げたりする背中から、どことなく寂しいというか、もの足りなげな気配がする。

と、白亜《はくあ》が自分のリュックに目をやり、じぃっとみつめている。

俺はぴんときた。

「足りなかったんだろ、弁当」

「足りなくない」

即答。

「ほんとに？」

「本当」

毅《き》然《ぜん》と断言。


…………ぐううう〜〜っ。

お腹の音が響《ひび》き渡った。
俺が苦笑して黙っていると、
ぽすっ！
「なんで叩《たた》くんだよ」
背中を熱くしてぽすぽす叩いてくる白亜のうなじを見つつ、俺は思った。
今日は白亜と過ごすなにげない休日だった、と。

9話 ✢ 牙突

「なんだよ話って？」

放課後、俺の部屋に可憐《かれん》が訪ねてきた。

「う、うむ……」

クッションに正座した可憐が、ぎこちなくアイス緑茶を飲む。

むせた。

「大丈夫か？」

「だ、大丈夫だっ」

ハンカチを取り出し、**太ももに零《こぼ》れたお茶を拭《ふ》く。正座でむっちり横に広がった太ももの肉に落ちたあの水滴に生まれ変わりたいと、俺は願った。**

「――――神楽坂《かぐらざか》」

可憐に睨《にら》まれ、あわてて目を逸《そ》らす。

「お前は私の太ももばかり見るな……」

その責める声には気のせいか、いじけたような響きがあった。

「もっと私自身を見たらどうなんだ。そしたら……」

後半よく聞き取れなかったが、おおよその意味はつかめた。

「もちろん可憐《かれん》自身を見てるよ」

「ほ、本当か？」

「当たり前じゃないか」

可憐はたしかめるように上目遣いをしつつ、ハンカチをのせて太ももを隠した。俺はけっして残念な顔なんて浮かべていない。

「それで、なんの話だよ？」

話題を戻す。

「そうだったな」

可憐は咳払《せきばら》いをして、溜《た》めを置く。

なんだろうと、俺は思う。最初に持ちかけてきたときからぎこちなくて、緊張している。よほどのことなんだろうか。

「……実は知り合いから、とある相談を受けた」

「相談？」

「うむ」

俺は続きを待ったが、可憐はなかなか話さない。うつむきながらもじもじとし、またいきなり顔を上げ、

「い、いいか⁉　これはあくまで知り合いからの相談なのだからな⁉」

「だから、なんだよ？」

「…………デート」

「え？」

「と、殿方との逢《あ》い引きというのは、どのようにするものなのか——という相談だ」

俺が何か言うより早く、

「そ、それで！　それでだな！　私としてはその知り合いの質問にきちんと答えてやらねばならないわけだ。だがしかしあいにく私にはそうした知識や経験が欠けている！　これはいかんと思うわけだ！」

「おい、落ち着——」

「だからまず私が経験し体得せねばならない！　気は進まないが知り合いのためだから仕方がない！　つまり……その……わ、私とデートしろ‼」

…………は？

可憐がぜぇぜぇと息をしている。顔も真っ赤だ。早口にまくし立てたせいだろう。

「えっと……なんて？」

「二度も言わせる気か‼（抜刀）」

「あーごめん！　デートだな！　うん！」

「……そっ、そうだ」

刀を鞘《さや》に収めつつ、

「知り合いのため仕方なく、殿方とのデートを体験する必要があるのだ」

「だから俺と？」

「他にいないからなっ。あーいやだまったくいやだ、神楽坂《かぐらざか》とデートなど」

手のひらを団扇《うちわ》にして、ぱたぱた扇ぐ。

「じゃあ、やんなきゃいいだろ」

「知り合いのためにだな！」

「誰だよ。愛佳《あいか》か？」

「違う！　ク、クラスメイトだ」

「は？　お前、クラスでぼっちじゃん」

「(抜刀)」

「いるよな！　知り合いの一人くらい!!」

額を刃の切っ先でチクチクされながら俺は言った。

「まったく……」

ぶつぶつ言いながら刀をしまう——かと思いきや、牙突《がとつ》（零式《ぜろ》）の構えでキープされた。

「では明日の土曜だ。私とお前で、デ、デートの真似事《まねごと》をする」

「……なあ」

「なんだ、もう決まったことなんだからなっ」

「その子にも来てもらったらどうだ？　直接体験してもらった方がわかりやすいだろ」

するとか可憐《かれん》は一瞬、虚《きょ》を突かれた顔をして──

「だ、だめだ！」

「なんで」

「えっと……その子は凄《すさ》まじく男が苦手で、会うだけでショック死してしまうのだ！」

……いろいろ疑問が湧《わ》いたけど、それを追求すると牙突が俺の臓物を貫《つらぬ》きそうだったから、やめておいた。

10話 ✣ 二人がチューしますよ！

待ち合わせ場所は、人気のない校舎裏だった。

可憐《かれん》曰《いわ》く、誰かに見られるのが恥ずかしいらしい。特に庶民《しょみん》部のメンバーには口外しないよう念押しされた。

まあ、気持ちはわからなくもないから素直にきいた。

午後一時、俺は校舎の角を曲がる。

可憐が、もう来ていた。

丸く刈られた植木の葉っぱを、ちまちまといじっている。

こっちに気づいて、あわてて居住まいを正した。

「来たなら来たと言え！」

可憐が、いつもと違う服装をしていた。

肩の出たシャツに、フレアスカートの組み合わせ。女の子らしくてかわいいと思う。が――

太もも様が見えない。

「ど、どうだ神楽坂《かぐらざか》。デートというのは、こういうひらひらした服を着るのだろう？」

「うん（虚無《きょむ》）」

「お前、目が死んでないか⁉」

「そんなことないよ。すげー似合ってる。そういう服装もいいな」

魂《たましい》のない言葉だから、すらすら出た。

「むっ……そ、そうか」

でも可憐は、まんざらでもなさそうだった。

「では神楽坂、今日はよろしく頼む」

「おう」

デート講習会が始まった。

「でも言っとくけど、俺も実際デートしたことあるわけじゃないんだからな」

「ほ、本当か？」

「ああ」

「……じゃあ、私が初めての相手……」

「いや、ただ出かけるだけだったら恵理《えり》と何回もあるし、白亜《はくあ》や愛佳《あいか》とだって…………あの、日本刀を首筋に当てるの、やめてもらえないでしょうか」

可憐が大きな音を立てて、鞘《さや》にしまう。

「なんだよ？」

「なんでもない！」

わかんないやつだな。

俺は空を見上げる。いい天気でそこそこ暑いけど、なんとなく肌は秋の気配を感じた。

「いいか、神楽坂《かぐらざか》」

可憐《かれん》が正面に回り、ずいっと詰めてきた。

「今日は単に出かけるのではない。これからするのは『デート』なのだ」

鋭いまなざしで見上げてくる。顔が近い。

「知り合いのために仕方なくではあるが、デートなのだからな！　肝《きも》に銘《めい》じるのだぞ⁉」

「お、おう」

「な……ならよしっ」

うなずいて、離れる。

その口許《くちもと》がじわぁっと、笑みの形になった。機嫌を直したらしい。俺に「しっかりやれ」と言いたかったんだろう。

「では神楽坂、さっそくデートに行くとしよう！」

すたすたと歩きだす。

「おい可憐、そっちじゃない」

「むっ。そ、そうかっ」

くるっと回って、すたすた戻ってくる。

「ど、どこへ行くのだ？」

「とりあえず図書館のシアターで映画かな」

「映画か。なるほど、それはいいなっ」

なんだか、すごく力が入っている。

微笑《ほほえ》ましかった。テンションが上がってきらきらしてる感じが、いつもとぜんぜん違う印象だった。


休日の昼にも関わらず、シアターはがらんとしていた。

「ここに来るのは初めてだ」

可憐が辺りを見渡す。

「そうなのか？」

「ああ。大学のお姉様方が授業で使うイメージしかない。……本当に大丈夫なのか？」

「そのはずだけど。前も使えたし」

「来たことがあるのか？」

「ああ、えっと……」

「あら、神楽坂さま」

向かいから、崎守《さきもり》さんが歩いてきた。

「可憐《かれん》さまも」

立ち止まって、軽くお辞儀する。

俺たちも会釈して返す。

「あの、シアターって使えますよね？」

「はい。今はすべて空いておりますよ」

「みんな使わないんですか、ここ？」

「ええ、まあ」

崎守さんが苦笑する。

「不思議と定着しないんですよねぇ。下の図書館は人気なんですけど」

たしかに一階は賑《にぎ》わっていた。なんだろう。敷居《しきい》が高く感じるのかな。

「これから、お二人でご利用ですか？」

崎守さんが微笑《ほほえ》みで聞いてくる。

「あ、はい」

振り向くと、可憐と目が合う。可憐は咳払《せきばら》いし、

「そうだ。映画を観《み》る」

「そうなんですか」

崎守さんはあっさりした感じで言い、お辞儀する。

「では私はこれで」

わきを通り抜け、エレベーターホールに向かっていった。

俺は微妙に肩すかしをくったような心地だった。これまでのことを考えると、何かひやかすことを言ってきたりしそうなものなのに。

まあ、あの人も忙しいだろうしな。いつもそんなことしてられないってことなんだろう。

「……あの人には、どのように見えたのだろうな」

可憐が髪をさわりながらつぶやく。

「デートしてるように……見えたのかな」

「…………」

俺も想像する。たしかにそうかもしれない。崎守さんはこれが講習だって事情も知らないから、ほんとにそういうことだって思われたかもしれない。

……なんだろう。むずむずする。

「ほら、こっちだ」

俺はなにげないふうに、カウンターに向かった。

そこに置かれたパネルで手続きする。

作品リストを見るとかなり少なくて、大昔っぽいやつしかない。

「可憐《かれん》は、映画とか観《み》たことあるか？」

「いや、ない」

マジか。清華院《せいかいん》半端ねぇ。

「どういう作品が観たい？」

「こういうときは、どういうものを観るんだ」

「まあ、基本そのときの話題作だと思うけど。あとは……やっぱ恋愛ものなのかな。わかんねぇけど」

「恋愛か」

可憐が食いついたので、そうすることにした。


あいかわらずからっぽのシアターは、特有のしんとした空気をより強く意識させる。

「あのへんに座ろう」

「う、うむ」

やや上寄りの中央に、並んで掛けた。

他に誰もいないがらんとした感じは前と同じなのに、一人と二人じゃぜんぜん違った。

しかも、相手が女子というのがかなり大きい気がする。隣からふわりとした気配が伝わってきて、それがむずがゆくて……落ち着かない。

「……き、緊張するな」

可憐がうつむいて、膝《ひざ》を両手でこすっている。

「ま、まあ、こんな広いとこに二人だとな」

やばい。

そのとき、照明が静かに落ちる。

可憐がぴくっ、とこわばったのがわかった。

「始まるんだよ」

「そ、そうか」

「映画館も、初めてなんだよな」

「うむ」

俺はちょっとだけ落ち着いた。

「ほら、始まるぞ」

「……っ」

きっ、と顔を上げる。

唇を結び、一生懸命《いっしょうけんめい》にスクリーンをみつめる可憐。

なんだろう、今日のこいつはいつもと違う。……こんな一面もあったんだな。

映画はラブストーリーで、争う二つの勢力に生まれた男女が禁断の恋に落ちるという、ロミオとジュリエット的な話だった。ベタだけど、盛り上がるよな。

運命の出逢《であ》いを果たした二人。ある日の夜、男は危険を顧《かえり》みず、女の屋敷《やしき》を訪ねる。

『どうして来たの』

『きみに会いたかったんだ』

なんの音？　と聞いてくる母に「なんでもない」とごまかす女。男は壁《かべ》をよじ登って、バルコニーに降り立った。じっとみつめあう二人。

そのシーンを俺がなんとなく観《み》ていると、隣から鼻をすする音が聞こえてきた。

振り向くと、可憐《かれん》がぽろぽろ泣いている。

――えっ、ここで泣くのか。

可憐は嬉《うれ》しそうなヒロインを見ながら、睫毛《まつげ》を濡《ぬ》らし、瞳《ひとみ》をきらきらさせている。

その横顔は、女の子の顔というか……本当に普通の「黒髪美少女」って感じだった。

「…………」

なに緊張してんだ、俺。

ポケットをまさぐり、ハンカチを出す。ちょっとどきどきしながら差し出そうとしたとき、

「どうぞ、可憐さま♡」

崎守《さきもり》さんが、向こうの席からにっこりハンカチを差し出した。

「「……？」」

俺たち二人の疑問のまなざしに、

「たまたま休憩《きゆうけい》時間に入ったんですよ」

人なつっこい上目遣いで小首を傾《かし》げる。そのわざとらしく可愛《かわい》い仕草に、俺はなぜか「悪《あく》魔《ま》」という単語を連想した。

「気になってた作品ですし、ご一緒《いつしよ》させて頂こうかと」

「……そうなんですか」

俺たちだけの場所じゃないし、何を言うこともない。

「ありがとうございます」

可憐がハンカチの礼を言う。

「いえいえ。——あっ、二人がチューしますよ！　チュー！」

何かいろんなものがぶち壊されたような錯覚《さつかく》がしたけど、俺たちは鑑賞《かんしよう》に戻った。

映画の男女はキスをして、情熱的な言葉を交わす。けれどすぐに別れの時が来て『また会おう』『愛してる』『私も』と何度も振り返りながら、離れていく。

またしっとりした空気になったとき——

キイッ。

シアターの後ろの扉《とびら》が開く音がした。

振り向くと——ポップコーンを手にしたメイドたちがぞろぞろと入ってくる。**全員、白亜《はくあ》のラボのスタッフだった。**

……ギシッ。

俺と可憐《かれん》の真横に座った。

ギシッ、ギシッ、ギッ、ギシ。

俺たちの両隣、前、後ろの席がびっしりと埋《う》められていく。

「…………」

そんな詰めなくても、もっとたくさん席あるじゃないですか、とかツッコみたかったけど、ぐっと我慢した。なぜだろう。何かに負けてしまう気がした。

落ち着け。たまたまだ。きっとたまたま、ラボのスタッフが休憩《きゅうけい》時間に入って、たまたまここにやってきたんだ。

隣の可憐を見ると、俺と同種の葛藤《かっとう》をしているのがわかった。

目が合い、うなずく。

メイドたちが持つポップコーンの甘い匂《にお》いが公害レベルで立ちこめる中、俺たちは映画に集中した。

……パリッ。……むしゃっ……。

メイドたちがポップコーンを食べる音。

　パリッ　パリッ　　　　カリッ　むしゃむしゃっ
　　　　　　　ガサガサッ　　　　　　　　　　パリむしゃっ
バリバリ　　　　　　　　　カリッ　　　　　　　　シャクッ
5．1chで聞こえてきた。

「……………」

俺と可憐はスクリーンを見つつ、ぷるぷると震えている。

もうほとんど内容は入ってこないけど、意地だった。

すると、メイドたちがいっせいにポップコーンを置き、ポケットからじゃが●こを取り出した。

フタを剥《は》がし、一本取って――

ガッガッガッガッガッガッガッガッ
ガツガツガツガツガツガツガツガツガツ
ガツガツガツガツガツガツガツガツガツ
ガツガツガツガツガツガツガツガツガツ
ガツガツガツガツガツガツガツガツガツ
ガツガツガツガツガツガツガツガツガツ
ガツガツガツガツガツガツガツガツガツ
ガツガツガツガツガツガツガツガツガツ
ガツガツガツガツガツガツガツガツガツ
ガツガツガツガツガツガツガツガツガツ

「うるせえええ――――――ッ!!」

辛抱できませんでした。

11話　庶民はけっこうやるんだぞ?

次はお茶でも飲もう、ということでラウンジに来た。

高級ホテルのロビー階にあるカフェというか、そんな感じの開放感あるスペースだ。

休日の午後だけあって、だいぶ賑《にぎ》わっている。お嬢《じょう》様やオフの職員らしき人たちが会話を咲かせていた。

「いらっしゃいませ、二名様でよろしいでしょうか」

メイドさんが迎える。

「こちらへどうぞ」

壁《かべ》ぎわの席に案内された。メニューを置いて去っていく。

「なんか甘いもんでも食べるか?」

「そうだな」

メニューを見ながら話す。

「このクグロフってやつ、なんだ?」

「それは私も知らないな」

「よし、聞いてみよう。可憐《かれん》は何にする?」

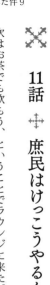

「……ザッハトルテにしよう」

「なるほど。よし、注文するか」

呼ぶまでもなく、察してやってきた。さすがの練度だ。夏休み中町に帰ってたから、よけい感じる。

「お決まりでしょうか」

「このクグロフって、なんですか？」

「フランスのアルザス地方伝統の焼き菓子で、山のような形をしています。味としては、マドレーヌなどシンプルなものをイメージして頂ければと」

「じゃあ、それをください。あとコーヒーを」

「私はザッハトルテと、それに合う紅茶を」

「かしこまりました」

引き返すメイドさんをなにげなく見ていると、ずっと奥の席に知ってる人がいた。

——黒江《くろえ》さんだ。

メニューを広げた姿勢で、こっちを見ている。「あ…」と洩《も》らしたあとのように、小さく口を開けていた。

俺が会釈しようとしたとき、

「注目、されているな……」

可憐《かれん》が目を伏せながら、肩を縮めている。

言われて軽く見渡すと、まわりのテーブルにいるお嬢《じょう》様たちがぱっと目を逸《そ》らす。

庶民《しょみん》サンプルという立場上、注目されるのはいつものことなんだけど、反応や空気が違った。

「……『逢《あ》い引き』という囁《ささや》きが聞こえた」

可憐が小さな声で言う。

「………………」

なるほど、そういう空気か。

頭をかく。恥ずかしい。「違うんだ！」って言って回りたい衝動《しょうどう》に駆られる。

またさりげなく、まわりを窺《うかが》う。お嬢様たちは普通に会話してる感じだけど、ふりのような気配がする。黒江さんのいたテーブルは、いつのまにか空席になっていた。

「ど、どうした神楽坂《かぐらざか》」

「……まあ、恥ずかしいっつーか」

「いやなのか」

眉《まゆ》をひそめ、声を硬《かた》くする。

「そういうわけじゃないけど」

あわてて言うと、可憐はほっとしたような表情になった。

「なら、堂々としていろ」

「お前が言いだしたんじゃん」

「！　わっ、私はべつになんとも思っていない。これはあくまで知り合いのためやっていることに過ぎないのだからなっ」

「そうか」

「そうだっ」

めんどくさいから、そういうことにした。これが可憐《かれん》の取扱い方だ。

「………もう少し疑ったらどうなんだっ」

「え？」

「なんでもないっ」

「──お待たせしました」

注文したものが運ばれてきた。

「おお、うまそうだ」

「うむ」

コーヒーと、注がれた紅茶の香りが漂《ただよ》う中、二つのケーキを見る。上品で華やかな皿に載《の》せられ、風格すらにじんでいた。

「可憐のも、いい感じだな」

「神楽坂《かぐらざか》のものも、なかなか惹《ひ》かれる……」

「じゃあいただくか」

俺はフォークを手にする。と……可憐のまなざしが、まだこっちのケーキに引きつけられてることに気づいた。

「一口、食うか？」

「えっ」

一瞬、口許《くちもと》が笑みの形になったけど、すぐ横に首を振る。

「そんな、はしたない」

このへんはさすがにお嬢《じょう》様だった。

「庶民《しょみん》はけっこうやるんだぞ？」

「そうなのか？」

「ああ」

「……デートでも、やるのか？」

「やるんじゃないかな」

可憐はうつむいて迷い、

「………で、では、一口もらおう」

そう言ってまぶたを閉じ——あーん、と口を開けてきた。

「えっ」

「ど、どうした」

目を閉じたまま聞いてくる。

「いや、あの――」

「早くしてくれ、恥ずかしいんだっ」

俺がさらに言おうとしたとき、可憐《かれん》が急《せ》かすように顔を寄せてきた。

まわりのお嬢《じょう》様たちが気づき、次々と振り向いてくる。

俺は終わらせるしかないと焦《あせ》って、ケーキを刺したフォークを可憐の口に運ぶ。

……ぱくり。可憐が唇を閉じ、ケーキを食べた。

きゃあーっ。お嬢様たちがなぜか歓声を上げた。

可憐がまわりを見て、かあっと頰《ほお》を染める。

そりゃこうなるだろうと思いつつ、俺も顔が熱い。

「…………」

「…………」

まわりのきらきらした注目を浴びながら、俺たちはうつむいて沈黙。

「……うまいぞ、それ」

可憐がぎこちなく言う。

「そうか……」

俺もぎこちなく、食べようとする。

「あっ……」

可憐が、俺の持つフォークを見ていた。可憐に「あーん」したやつだ。

「！　ああ、ごめん。じゃあフォーク、そっちと替えるか？」

「い、いや……いい。べつに……気にしない」

「そ、そっか……」

互いに目を伏せる。

ふと上げた視線がぶつかって、逸《そ》らす。

………。

視界の端に映る可憐の表情が、いつもと違う。しおらしいというか、女の子っぽいというか。

なんだか、どきどきしてくる。

ほんとにデートしてるみたいだ。

12話　その後ろ姿、長い黒髪をふいに意識した

「……まあ、こんな感じだな」

俺は、建物から出つつ言う。

なんだかんだで、時刻は五時過ぎ。清華院《せいかいん》の景色は、やわらかな夕暮れに傾きつつある。だいぶ陽《ひ》の落ちるのが早くなってきた。

「もう、終わりなのか？」

可憐《かれん》が聞いてくる。

振り向くと……なんだろう、妙に曇った顔をしていた。

「そうだな、俺も詳しくないけど、だいたい間違ってないと思う」

「……そうか」

声が小さい。うつむきがちで、歩調が鈍い。俺は不安になる。

「つまんなかったか？」

すると、可憐が横にふるふるっと首を振る。それから、まっすぐに俺をみつめて。

「楽しかった」

ふいを突かれ、俺は一瞬、詰まる。

「そうか……」

目を逸《そ》らして、頭をかく。俺は落ち着かず、茶化したくなって、

「素直だな、珍しく」

なんて言った。

「……いけないか」

そのかすかなつぶやきに、俺は静かな打撃《だげき》を受けた。

息が止まる。

じわりと振り向くと、可憐がしおらしく目を伏せていた。

長い睫毛《まつげ》がきれいで、いつもとぜんぜん違う——乙女《おとめ》の表情をしていた。

やばい、と思った。

胸がどきどきとしだす。

やばい空気になりつつあった。

俺は何も言えず、可憐も何も言わず、二人とも黙って寮《りょう》までの道を歩く。

やがて、別れ道にさしかかった。

「じ、じゃあこのへんで」

変な空気を振り払おうと、わざと明るい声で言った。

「………」

可憐《かれん》はうつむいたまま応《こた》えない。その表情は、なんだかいじけてるようにも映った。

いつもとまったく雰囲気《ふんいき》が違って、俺はどうしていいのかわからなかった。

「またな」

早口に言って、歩き始める。

「──待て」

呼び止められた。

振り向くと──まっすぐに目が合った。

「わ、私の部屋に寄っていかないか」

ぱっと逸《そ》らし、

「お茶が──そう、実家からとてもよいお茶を送ってもらったのだ」

「……へえ」

「どうだ、少し、呼ばれないか」

「…………」

デートのあとに、相手の部屋に行く。

それって……ものすごい大人のデートなんじゃないか？

胸の鼓動が、内側からシャツを押してるんじゃないかってくらい大きくなる。

手のひらに汗がにじむ。

――いや、考えすぎだ。

俺は必死に自分を落ち着かせようとした。

「お、お茶か」

自分の声が、すごくぎこちない。

――考えすぎだ。だから……。

「じゃあ、頂こうかな」

「う、うん」

可憐が手で髪をとく。笑みを浮かべて、

「では、行こう」

「おう」

俺たちは可憐の寮《りょう》に向かい始める。

並んで歩きながら、特に何も話さない。

いつもと違う、むずむずした距離感がある。別れがたい空気というか。

そう。そういうことだ。今日は楽しかったから、終わってしまうのが寂しい。可憐はそう感じたんだろう。

それを言うと俺も……今日の可憐とは、もうちょっといたい気がした。

寮に入って、廊下《ろうか》を進む。

可憐《かれん》の部屋のドアが見えた。
緊張してくる。
可憐がドアの前に立つ。
その後ろ姿、長い黒髪をふいに意識した。
——いや、何もない。
ただ、お茶を飲むだけだ。
可憐がノブを握り……ちら、と振り向いてくる。
頬《ほお》が、紅《あか》い。
対する俺は、どんな顔をしてるんだろう。
可憐がドアを開け、先に入る。
俺はごくりと喉《のど》を鳴らす。
「……お邪魔《じゃま》します」
小さく言って、部屋に入った。

13話　瞬きしてる間に終わってしまうかも！

「では騎馬《きば》戦の参加者は、以上の皆様に決定いたしました」

委員長の麗子《れいこ》が、HR《ホームルーム》を進行している。

議題は、再来週にある運動会の種目エントリーだ。

——どうしたもんかな……。

これが、俺にとってはなかなかに難しい。

校内唯一《ゆいいつ》の男子なわけで、エントリーする種目は慎重に考えないといけない。

たとえばさっきの騎馬戦みたいなパワー系の種目に男子が混ざるわけにはいかないし、太も
も目的だと疑われかねない。

「続いて、一〇〇メートル走の参加者を決めたいと存じます」

こんなの、論外だ。

——借り物競走あたりがいいか。

秘《ひそ》かにそう決めたとき——まわりの視線に気づいた。

お嬢《じょう》様たちがみんな、俺を見ている。

「はい」

東城《とうじょう》さんが挙手した。

「わたくし、公人《きみと》さまを推薦《すいせん》いたします」

「えっ」

俺が声を洩《も》らしたのと同時に、教室が「わあっ」と盛り上がった。

「いいですわね！」

「わたくしもそう思っておりましたわ！」

そして次々と手が挙がる。

「わたくしも！」

「わたくしも公人さまを推薦いたしますわ！」

「ち──ちょっと待って！」

俺はストップをかけた。

行儀のいいお嬢様たちがぴたりと黙り、いっせいに俺の話を聞こうと振り向いてくる。

う……すごいプレッシャー。

「えっと……なんで俺？」

「だって公人さまは殿方ですもの」

「お速いですもの」

「いやっ、たしかにいい順位取れるかもしれないけど、でも……」

「なんですの？」

「何かご都合が……？」

お嬢《じょう》様たちがとても純粋《じゅんすい》なまなざしで「なんですの」「なんですの」と聞いてくる。

いやいや。

お嬢様たち《女子》に混じって、全力疾走《しっそう》でぶっちぎって一位を取る俺《男子》。

かっこ悪すぎだろ。

「俺、男子だし、女子の一〇〇メートル走でガチに走るってのは……」

「きっと一位になられますわ！」

「ええ、ダントツですわ！」

きらきらしたまなざしで言う。

……あれ？　ぜんぜん伝わらない。

俺は助けを求めるべく、麗子《れいこ》を見た。

「……まさしく風のように……」

同じ目をしていた。

「麗――委員長」

「なんでしょう、公人《きみと》さま」

「やっぱまずいと思うんだけど。俺はほら、一応男子だから、体質的に女子より速いっていうか……」

「ええ、わかっております」

麗子がうなずく。

「公人さまがわたくしたちに比べ、体力面で優れていらっしゃることは承知しておりますわ」

「だろ？　だからさ――」

「ですから、それを拝見したいのです」

……え？

「麗子さまの仰《おっしゃ》るとおりですわ！」

お嬢様たちがいっせいに賛同する。こくこく！　とうなずきながら、

「公人さまがいかにわたくしたちよりお速いかを拝見したいのです！」

「感じたいのです！」

「それはきっと、わたくしたちだけではありませんわ！」

「ええ、ええ！　他のクラスや学年の方々もきっと……！」

いつのまにか、みんなに囲まれていた。

熱と確信に満ちた表情。期待。

俺は戸惑い、圧倒された。なんだろう、お嬢様の感覚ってことなんだろうか……？

「――では、一〇〇メートル走の参加者は瑞穂《みずほ》さまと、僭越《せんえつ》ながらわたくしと、そして……

公人《きみと》さまに決定いたしましたわ！」

麗子《れいこ》が宣言すると、お嬢《じょう》様たちの拍手が起こった。

「ああ、楽しみですわ……！」

「公人さまが他を寄せつけない速さでゴールテープを切るお姿が目に浮かびますわ……」

「風のように」

「瞬《まばた》きしてる間に終わってしまうかも！」

すげえハードル上がってる！


HR《ホームルーム》が終わったとき、スピーカーから校内放送のチャイムが鳴った。

『二年桜組・神楽坂《かぐらざか》公人さま……二年桜組・神楽坂公人さま』

——俺？

『生徒会長がお呼びです。至急、生徒会室にお越しくださいませ』

とたん。

「……………清子《きよこ》さま」

一人が、生徒会長の名をつぶやく。

その名を耳にしただけで、まわりのお嬢様たちは漣《さざなみ》を広げるように感激の面持ちになっていき――……

はらっと涙を落とした。

その様子に、俺はこう思う。

いつものことだと。

14話　わたくしはただ、みなさんの希《のぞみ》を受けとめ、叶えるだけですわ

六合清子《ろくごうきよこ》、という名前を耳にしただけで、お嬢様《じょう》たちは涙ぐむ。

それは、会長が校内で語られるいくつもの「伝説」を持つ特別な存在だからだ。

もちろん、俺も聞いてる。

傷ついた山鳥の世話をして元気にしてあげた話や、行方《ゆくえ》不明になった初等部の子たちを夜遅くまで捜《さが》し回って無事保護した話。

山鳥はそのあと会長の部屋の窓に毎朝訪れるといい、規則を破って子供を捜したことで処分を受けそうになったときは全生徒が許しを請《こ》う署名をしたという。学校の処分に異議を唱える署名は清華院《せいかいん》史上初めてだったらしい。

他にも、とにかく自分の苦労を顧《かえり》みず生徒に尽くす人柄や、カリスマ的な人望が伝わってきていた。

そんな伝説の主を俺もたまに見かけるけど——たしかに目を引く、特別な空気感を持つ先輩だった。

そんな会長に呼ばれて、俺はいま生徒会室に向かっている。

——なんの話だろう？

思いながら歩いていると『生徒会室』というプレートが見えてきた。

立派な木の扉《とびら》の前に立つ。このあたりの廊下《ろうか》は、教室のあるエリアとはにおいが違った。さすがにちょっと緊張する。

「神楽坂公人《かぐらざかきみと》です」

『――どうぞ』

澄んだ声が、扉越しにも不思議とよくとおってきた。

「失礼します」

扉を開ける。

広い間取りの部屋。

円卓《えんたく》の奥にかけていた会長が立ち上がり、俺を迎えた。

「初めまして」

微笑《ほほえ》みを浮かべ、すぃとお辞儀する。

「高等部生徒会長の六合清子と申します」

ゆったりと間を置いて、顔を上げた。

上品に編み込んだロングの髪、はっとする澄んだ瞳《ひとみ》。きれいな耳の形。やわらかな微笑。

全身から漂《ただよ》う、際だった存在感。

麗子《れいこ》のような華やかさではなく、みゆきのような高貴さでもない。

まわりの空気を浄化するような清らかさ。聖女、というイメージが湧《わ》いた。

「初めまして」

俺もぎこちなく頭を下げた。

会長が何も言わずにみつめてくる。興味深そうに瞳《ひとみ》を大きくして、

「本当に、一《いっき》さまに似ていらっしゃいますね」

俺はふいを突かれた。

九条《くじょう》一。九条家の次期当主で、みゆきの兄。ガキの頃、俺と生活を入れ替えた過去がある。

「あいつに会ったことがあるんですか？」

「何度かお目にかかりました。わたくしの姉が一さまの婚約者なので」


——え？


「どうなさいました？」

「いえ……あの、あなたのお姉さんが、一の婚約者なんですか？」

「はい。一さまが生まれてすぐに決まったと伺っています」

あれ……そうなのか？

俺の記憶だと、それは………

「急にお呼び立てして申し訳ございません、公人《きみと》さま」

「――あ、いえ……それで俺に何か？」

「ええ。まずはこちらへ」

応接用のソファに案内される。

生徒会室になんでそんなものがとツッこみたいけど、清華院《せいかいん》相手には野暮なだけだ。

ソファに座ると、メイドさんがお茶を持ってきた。

紅茶を淹《い》れながら、さりげなく俺を見ている。たぶん「これが九条次期当主と同じ顔なのかと思ってるんだろう。

メイドさんが下がる。

俺がとりあえず紅茶に口をつけると、一拍置いて会長が続いた。

「再来週に迫った、運動会のことで」

会長が切り出す。

「みなさんに喜んで頂くため、公人さまにご協力願いたいことがあるのです」

「協力……なんでしょう？」

「賞品についてです」

「賞品？」

「今年の運動会ではクラスの団結を深める意味で、校内全クラスの得点を出すことにいたしました」

逆に、これまではなかったってことか。

「そして、最高得点を取ったクラスに賞品を差し上げることにすれば、行事が盛り上がってみなさんより楽しめるのではないかと思うのです。行事は一生懸命《いっしょうけんめい》取り組んだ方が素敵な思い出になるものですから」

「なるほど……」

たしかにそういうものかもしれない。

「それが公人《きみと》さまから頂けるものなら、みなさん本当に嬉《うれ》しくて、奮起できると思うんです」

言いながら、まっすぐに俺をみつめてくる。

一点の曇りもない。強さや熱はないけど、純粋《じゅんすい》にみんなのことを考えてる意志が透明な光のように伝わってきた。

俺はいいなと感じて、できるだけ協力しようって気になった。

「俺からってことは、庶民《しょみん》っぽい何かってことでしょうか？　たとえば……グッズというか、小物的な」

「それについては、わたくしに考えがございます」

「なんでしょう？」

すると、会長がふっと上を向く。

「これは、わたくしの感覚なのですが……みなさんは、こういった希《のぞみ》を抱いていらっしゃると感じるのです」

　預言でも聞いてるような、静かな口調で——

「『わたくしのクラスにも庶民の方がいらしてほしい』……と」

　俺にまなざしを下ろして、穏《おだ》やかに聞く。

「仕方のないことではありますが、公人さまはクラスのご学友と過ごすことが大半でしょう？」

「まあ……ですね」

　クラスメイトや庶民部のメンバー以外と話すのは、本当に稀《まれ》だ。

「もっと庶民の方とふれあいたいと思っている方は大勢いらっしゃいます。ですからみなさんは、こう願っているはず。わたくしのクラスに公人さまがいらしたらよいのに……と。それをできるだけ叶《かな》える形にして差し上げたら、と考えています」

「なるほど……」

　クラス訪問とか、一緒《いっしょ》に授業を受けるとか、そういうやつだろう。

「いいですよ」

　会長の表情がぱあっと輝く。

「ありがとう存じます」

胸に両手をあて、

「よかった……これでみなさんの希《のぞみ》を叶《かな》えることができます」

会長の胸は大きくて、あてた手のひらが軽く埋《う》もれている。俺はとっさに目を逸《そ》らす。

「ありがとう存じます、公人《きみと》さま」

会長が両手で、俺の手を握る。ふにふにとやわらかい指の感触が包んだ。

「公人さまは恩人です。わたくしにできることがあれば、いつでもお申しつけください。わたくし、公人さまのためになんでもいたしますわ」

「いえ、そんな……」

俺は顔が赤くなってないかなと思いつつ、

「会長はほんとにみんなのことを考えてるんですね」

「そんな。わたくし、自分で物事を考えるのはあまり得意ではありません」

清楚《せいそ》に、はにかむ。

「わたくしはただ、みなさんの希《のぞみ》を受けとめ、叶えるだけですわ」

浮世離れしたお嬢《じょう》様たちよりもさらに、俗から遠い感じがする。

あんまり大げさなことを言うのは恥ずかしいけど「本当に聖女ってこんな感じなのかもな」っていうのが、会長と話した感想だった。

15話　お体に障りますわ

目覚めた瞬間、いやな予感がした。

寝坊したときって、なんとなくわかんないか？　あの感じだ。

視界に、いつもの天井が広がっている。

とっさに部屋を見回すと――みゆきが、俺の胸の上に顔を伏せていた。

――遅かった!!

唇を押さえる。

二学期が始まってから、俺はみゆきが来る前に起きるようにしていた。

なぜなら、キスされるから。

その甲斐《かい》あって最近はずっと防ぐことができていて、みゆきは拗《す》ねていたんだけど……本来より一時間前に起き続けるのは正直キツかった。

そして今日、ついに限界がきたっぽかった。

「…………」

みゆきを見てるうち、俺は気づく。

……寝てる？

俺の胸《むな》もとに頬《ほお》を乗せたまま、すぅすぅと規則正しい寝息を立てている。

珍しい。

というより、みゆきが居眠りしてるのを見るのはこれが初めてだった。

一緒《いっしょ》に暮らしてた頃を思い出させる、あどけない寝顔。俺はちょっと癒《いや》される。

けど、ほどなく一つの悩みに突き当たった。

眠ってる猫を起こさないように、どう動くべきか——みたいな悩みだ。

——そっと、そっと……。

慎重に起き上がり、そろそろと布団から出ようとする。

と——みゆきがまぶたを開いた。

「…………」

「……おはよう、みゆき」

目を大きく開き、起き上がる。

「すみません、私としたことが……」

「いや、べつに」

みゆきは自分のミスに動揺《どうよう》していた。

ちょっと寝たくらい気にしなくていいと思うんだけど、みゆきはそうは思わないんだろう。

完璧《かんぺき》主義というか、自分へのハードルが高いからな。

「疲れてんのか？」

「いえ、ただの油断です」

短く言って、ヘッドドレスを整える。と、もういつもの凛《りん》とした空気に戻っていた。

目を細めて、微笑《ほほえ》む。

「おはようございます、お兄様」

「うん」


「わたくし、たしかに見ましたわ！」

休み時間の教室で、お嬢《じょう》様たちが噂話《うわさ》をしていた。

「昨夜遅く、中等部の校舎の明かりがたった一つ灯《つ》いていたのです！」

「「まあ……っ！」」

刺激の少ない清華院《せいかいん》では、それだけのことでもネタとして成立する。俺たち庶民《しょみん》なら「ふーん」「なんかあったんだろ？」で終わってしまいそうだ。

「いったいなぜでしょう」

「怖《おそ》ろしいですわ……」

話を聞いてるお嬢様たちは、純朴《じゅんぼく》に反応する。

「そのお話なら、わたくしも存じております！」

別のお嬢《じょう》様が入ってきた、

「なんでも毎夜同じ教室の明かりが灯《つ》いているそうですわ！　しかも零《れい》時を過ぎてからも……！」

「「まあ……っ！」」

「いったいどういうことでしょう」

「怖《おそ》ろしいですわ」

「零時を回ってからもだなんて」

「その方は、そんな遅くまで起きていらしたということ？」

「いけないですわ」

「お体に障りますわ」

お嬢様たちが、誰とも知らない証言者の心配をしだす。

「……ひょっとして、『幽霊《ゆうれい》』のお話と関係があるのでしょうか？」

「ああ、あちこちで『浮かぶ火の玉と白い影』が目撃《もくげき》されているという……」

「きゃあっ！」

「おやめくださいませ……」

「そうですわ、あんなのただの噂話《うわさ》ですわ」

東城《とうじょう》さんたち、麗子《れいこ》と親しい三人組がやってくる。

「幽霊なんているはずありませんわ」

「そんなオカルトあり得ませんわ」

やたら強いトーンで幽霊の話を否定しつつ、おびえるお嬢様たちをなだめる。その必死な姿は、実は幽霊の真相を知っていて、それをごまかそうとしているふうに見えなくもない。

俺がそんな光景を眺《なが》めているうち、チャイムが鳴った。

16話　さながらベッドの天蓋にされたように

夜中、トイレに行きたくなった。

めんどくさいなあ、と思う。

清華院《せいかいん》には男子トイレがほとんどない。

使えるのは本部の来客用か、スポーツ棟《とう》とかの限られた指定箇所《かしょ》だけで、どっちにしろ寮《りょう》から出てそこまで行かないといけない。

タイミング的にやばいときが何度かあったし、なんとかしてくれと頼んでるんだけど、反応は鈍い。

寮の外に出ると、虫の声と夜の草木の匂《にお》い。

半袖《はんそで》だとちょっと肌寒い。今はまだいいけど、冬とか大変そうだな……。

それを思って、少し憂鬱《ゆううつ》になる。


明かりが見えた。

トイレの帰り、なにげに見た先に——ぽつんと一つ、明かりの灯《つ》いた校舎の窓。

あれはたしか、中等部の校舎じゃなかったか。
昼間に聞いた話を思い出す。
ここからそんなに離れてないし、明かりは一階の教室だった。
「…………」
俺は向かう。
そんな手間でもないし、噂《うわさ》の真相をたしかめようという気になった。
近づくにつれ、窓越しに人影が見えてきた。
教壇《きょうだん》に一人、机に一人。
俺は、はっとなった。
あれは――。

中等部の校舎に入ると、通路のうっすらとした明かりが灯いている。
木の廊下《ろうか》に並ぶ教室の、一番手前が明るかった。
足音を忍ばせて近づき、引き戸の窓を覗《のぞ》くと……
中には、みゆきがいた。
中等部の制服を着て一人、席に着いている。

向かいの教壇《きょうだん》にはぱりっとしたスーツ姿の女性がいて、黒板を指しながら話しているようだった。

授業……か？

そのとき、みゆきがこっちに気づいた。

俺はぎこちなく笑って、軽く手を挙げる。

——たぶん、邪魔《じゃま》だよな。

何をしてるのかは気になるけど、立ち去ることにした。

踵《きびす》を返して、出口に向かう。

と——背後で、引き戸の開く音。

振り向くと、スーツの女性が歩いてくる。

セクシーな女教師っていう妄想《もうそう》がそのまま出てきたような眼鏡《めがね》美人で、思わず息を呑《の》む。有能オーラがビシビシ出ていた。

立ちつくす俺に微かに会釈して、通り過ぎていく。香水の匂《にお》いでもしそうだったけど、何もなかった。授業の邪魔だから、とかだろうか。

角に消えるのを見送ったあと、俺はまた教室に向かう。

みゆきは閉じたノートをカバンにしまい終えたところだった。

俺を見て、照れたふうに肩をすくめる。

夜の校舎は、木が音を吸っているような静けさ。

制服姿のみゆきは新鮮で、見ていてなんだか変な感じだ。

「何やってたんだ？」

「夜間学校です」

その答えに、はっとさせられる。

そうだ、忘れていた。みゆきは一つ年下。中学三年生なんだ。あまりに普通にメイド長をやっていて、そんな素振りも見せないから、なんとかなってるんだろうと深く考えなかった。

「みゆき、中学生なんだよな」

「はい。形式的には、ここの中等部に編入した形になっています」

そうだったのか。

「義務教育なので授業に出なくとも卒業することは可能ですし、私はすでに大学相当の内容を修めています。私がいま受けているのは、九条《くじょう》家の人間としての授業です」

「……帝王学、的な？」

「そうですね。概《おおむ》ねそのイメージでよいと思います」

話しながら、俺はみゆきから漂《ただよ》ういつもと違う雰囲気《ふんいき》に気づいていた。

疲労がにじんでいる。

これまでそんなもの、感じたことなかったのに。

俺は時計を見る。一一時半過ぎ。

「何時から受けてたんだ？」

「一〇時からです」

「一時間半か……」

メイドの仕事のあとで、これは大変だな……。

「このあと、一〇分の休憩《きゅうけい》を挟《はさ》んでもう一コマ受けます」

「！　じゃあ……二時くらいまでってことか？」

「はい」

俺はいやな予感がしてきた。

「朝、何時に起きるんだ？」

「五時には」

「……三時間しか寝てないってことか」

「そうですね、だいたい」

まるでなんでもないことのように言い、

「今朝《けさ》は、失態でした」

くすりと、苦笑いした。

「疲れが溜《た》まってるんだよ」

「たまたまです。問題ありません」

「ずっとこれ、続けてきたのか？」

「春にここへ来てから」

「じゃあ、そうだよ」

みゆきは目を伏せ、受け流すように笑むだけ。

どうしてだ。

「朝早くからメイドの仕事をして、そのあと夜の二時まで勉強して、三時間しか寝ないなんて無茶だ」

「いいえ、できます」

みゆきは頑《かたく》なだった。

「なんで」

問いかけに、みゆきは上目遣いで俺を捉《とら》えたあと、ゆっくり顎《あご》を持ち上げた。

「だってそれが、私がここにいるための条件ですから」

その言葉に、俺は固まる。

意味することにぼんやり気づきながらも、俺はこうたしかめずにはいられなかった。

「……どういうことだ？」

「清華院《せいかいん》のメイド長として働く我が儘《まま》をきいて頂くための、です。……おかげでみゆきはお兄様と再会でき、今こうしてお側《そば》にいられるのです」

みゆきは胸の上にそっと両手のひらを重ねる。

「みゆきは本当に幸せです」

と。

「だから――できます」

瞳《ひとみ》から、強い意志が伝わってきた。

慕《した》われてるんだと。

……なんて言っていいのかわからない。

俺と再会するためにここまでのことをしたみゆきに俺は何を言えるのか、何を返せるのか、わからない。

「お兄様」

「！　なんだ」

みゆきが立ち上がり、こっちに歩いてくる。

目の前まで来られて、俺はいつになく緊張した。

「やはりみゆきは少々疲れが溜《た》まってるようです」

「そ、そうか。だよな」

「ですから、元気を頂けませんか」

じっと見上げてくる。

聞き返すように受けとめていると、

「ぎゅっとしてください」

「――ああ」

いつものあれだ。俺はなぜかほっとして、後ろに回ろうとする。

「……お兄様」

「ん？」

もじもじと体を揺《ゆ》らしながら。

「今日は後ろからでなく、正面から抱きしめてくださいませ」

「…………」

みゆきが、はにかみながら待っている。

……なにどきどきしてんだ、俺。

妹が甘えたいってことなんだから、変に考えたらだめだ。

俺はひとつ息をついて、みゆきを……抱きしめる。

腕に感じるやわらかさと、芯《しん》の華奢《きやしや》な質感。甘く上品な匂《にお》いがした。

耳許《みみもと》で、みゆきが熱く息を洩《も》らす。

ガララッ。

引き戸が開いて、さっきの教師が入ってくる。

瞬間——俺の体が前に反転し、四肢《しし》をホールドされ、仰向けに持ち上げられた。

吊り天井固め《ロメロ・スペシャル》。

俺はさながらベッドの天蓋《てんがい》にされたように、四肢を後ろに九〇度曲げられ、関節を極められていた。

「あなたは調子に乗りすぎました」

下から、九条《くじょう》さんモードの冷酷《れいこく》な声が響《ひび》く。

「ぎゃああああああああああああああ!!」

悲鳴を上げる俺を、女教師がビビりつつ、必死でそれを隠そうとしているような、ことさらクールなまなざしでみつめていた。

17話　祭

　まもなく、運動会が始まる。

　俺は入場行進を控《ひか》えた列の中から、今いる会場を見渡していた。

　巨大な屋根付きスタジアム。たぶんワールドカップの会場になれる。

　ぐるりと囲むスタンド（席はゆったりしたビロード張り）には、生徒の数十倍はいるだろうという保護者、関係者が詰めかけていた。

　応援席には、

『清く正しく　有坂志磨子《ありさかしまこ》』

『清華院《せいかいん》の心』

　といった垂れ幕や応援旗がサッカー日本代表戦かという勢いで掲《かか》げられ、スタジアムのフェンスには企業広告の代わりに、お嬢《じょう》様個人のクラスと出席番号付きの名前が表示され、一定時間ごとに入れ替わっている。

「ご覧になって！　あちらに志磨子さまの応援旗が！」

「まあ……！　お父様、お母様、お姉様、わたくし精一杯がんばりますわ！」

　もし俺があんなことされたら恥ずかしくて死ねるけど、お嬢様たちは素直に喜んでいる。

極めつけは、保護者が雇《やと》ったらしき**お嬢《じょう》様個人の応援団**が数えきれないほどいて、いろんな色のチアガール隊がポンポンを手にいつでも踊れるスタンバイをしていた。

「…………」

もはや、ツッこむ気も起きない。

白亜《はくあ》のメイドたちが**『気になるあの人とゴールイン♡　少女H応援隊』**というでっかい応援幕をみんなで持っていたけど、全力で無視した。

『ご来場の皆様、大変長らくお待たせいたしました。これより生徒たちの入場です』

アナウンスが響《ひび》き、入場曲が始まる。

またオーケストラかブラスバンドの豪華生演奏なんだろうな。

と思ったら、聞き覚えのある演歌のイントロが流れ、ねぶた祭のねぶたが続々と会場入りし、龍《りゅう》に乗った元紅白歌手の北島さんが名曲『祭』を唄《うた》い始めた。

「何やってんだよサ●ちゃん!!」

ツッこまずにはいられなかった。

国宝級の演歌歌手に五リピートも唄わせた入場行進が終わったあと、松た●子による国家独唱があり、俺はまたツッこむことを自制できなかった。

「清子《きよこ》さま……」

会長が壇上《だんじょう》にのぼったとたん、まわりのお嬢様たちがはらっ……と涙ぐむ。

会長による、開会の挨拶《あいさつ》だ。清華院《せいかいん》全体の生徒代表は、高等部の生徒会長になる。大学は卒業課程に入ることから、部活でいう引退のポジションらしい。

会長は名のとおり清らかな微笑《ほほえ》みを浮かべて、観客席を仰ぐ。

『お越しの皆様方、本日はお忙しい中、足を運んで頂き誠にありがとう存じます』

スピーカーを通してクリアに広がっていく声を聴きながら、お嬢様たちが目にハンカチを当てている。

さっきの『祭』では、観客席の年配の方々がありがたそうに手を合わせていたけど、それと同じ感じだった。

『わたくしたち、精いっぱい励《はげ》みますので、どうぞ温かく見守ってくださいませ』

観客席から大きな拍手。盛り上がりに合わせチアガールが踊り、リフトをきめた。

『――さて、皆様』

会長が、俺たち生徒に向き直る。

『あちらをご覧くださいませ』

会長が大型ヴィジョンを指すと、そこに幼稚園《ようちえん》から大学までの全クラスの得点表が出た。

『すでにお知らせしたとおり、クラスの団結をいっそう深める目的で、今年はクラスごとの得点を出すことにいたしました』

おお……客席から大きなどよめき。それだけ清華院《せいかいん》にとっては新しい試みってことだ。チアガールが踊った。

いきなり呼ばれた。

『神楽坂公人《かぐらざかきみと》さま』

『どうぞこちらへ』

「……へ？」

いっせいに注目が集まる。

会長を見返すと、微笑《ほほえ》んで俺を促《うなが》す。

まわりの空気的に、行かざるをえない。

俺はぎこちなく列の前に進んで、壇上《だんじょう》にあがって、会長の隣に立った。

ここからだと、観客たちに注目されてるのがものすごくわかる。

『皆様』

会長が呼びかける。

『得点で一位になったクラスには、我が校の庶民《しょみん》サンプルでいらっしゃる公人さまから、素敵なプレゼントが贈呈《ぞうてい》されます』

お嬢様《じょう》たちの表情が輝いていくのが、波の広がりのように見渡せた。

「公人さまからプレゼント！」

「まあ、何かしら⁉」

「素敵なものに違いありませんわ！」

「精いっぱい励《はげ》みましょう、みなさま！」

「「「「ええ‼」」」」

光る花畑、といったふうに、お嬢様たちが華やぐ。

それに呼応して観客席も盛り上がり、開始直前から会場の熱気は最高潮だった。

チアガールが踊った。

18話　パン食い競争(清華院バージョン)

『さあ、いよいよ始まりました！　第一五〇回、清華院《せいかいん》大運動会！』

スタジアムの青空に、聞き覚えのある陽気な声がこだまする。

『わたくし、本日の実況を務めさせて頂くハウス部所属汐留白亜《しおどめはくあ》さま担当、崎守と申します！

なぜかみんなに「お前やれ」と言われて、この大役を仰せつかりました！　——え、なんですか霧生《きりゅう》さん？』

スピーカー越しに、ぼそぼそとダメ出しの気配が響《ひび》く。

『えー訂正《ていせい》があります！　大運動会ではなく、運動会でした！　それから、実況はわたくしが喜び勇んで立候補いたしました！　やっほう！』

俺は開始早々げんなりしてMPが削《けず》られたけど、まわりのお嬢《じょう》様たちは、

「崎守さんって楽しい方ね」

などと言って、あはは、うふふと笑っている。

観客席もゆったり受けとめてる感じで、さすが余裕があった。金持ち喧嘩《けんか》せずだ。

『では、最初の競技は——**【パン召し上がり競争】**です！』

ガクッ、となる。

プログラムで見てはいたけど、本番で聞かされるとやっぱり脱力した。

スタート地点には参加者が整列している。初等部から大学まで。クラスの数が少ないので、ほとんどの競技は学部をまとめて行われる。

係員のメイドたちが、競技の道具をコースに運んできた。

テーブルに白いクロスを掛け、ナイフとフォークをセットし、サンドウィッチの皿を置く。

俺はとてもいやな予感がした。

『さあ、開始です！』

初等部のお嬢様たちがスタートラインに並び、係のメイドが「よーい」とピストルを構え、鳴らした。

運動会お決まりの音楽（生演奏）が始まり、お嬢様たちがいっせいに走——

「——らない!?」

しずしず……と歩いていく。

「純子《じゅんこ》さま、優雅ですわ！」

「玲奈《れいな》さま、白鳥のよう！」

まわりの声援が変だ。

「スカートを纏《まと》っている気持ちを忘れては駄目《だめ》ですわ！」

「プリーツを乱さぬよう！」

同じクラスだけでなく、同じ寮《りょう》のお姉様たちも応援してる感じだ。

声援に応《こた》えるように、初等部の子たちはいっそうしずしず……と歩き、控《ひか》えていた担当メイドの引くイスに腰掛けた。

『さあ、みなさまがテーブルに着きました！　今のところほぼ同時……！』

当たり前だろ!!

『おやおや？　どこからかツッコミの波動を感じます？　さては神楽坂《かぐらざか》さまですね！』

運営テントから俺の方に向かってキラッ☆　をした。

俺は無視した。

テーブルに着いたお嬢《じょう》様たちがナイフとフォークを手にし、サンドウィッチを切って、上品に口に運んでいく。

とはいえ、やっぱり小学生だった。競争ってことを意識して、明らかにピッチを上げたお嬢様がいた。

「！　葉子《ようこ》さま、優雅にですわよ！」

その声に動揺《どうよう》したのか、ナイフをテーブルに落としてしまった。

「「「「　ああっ！　」」」」

見守るお嬢様たちの悲鳴が、スタジアムに響《ひび》く。

落とした子が、わあっと顔を覆《おお》って泣く。

「およめに行けませんわ……！」

「「「「おいたわしい……！」」」」

お嬢《じょう》様たちも、ぶわっと涙を浮かべる。何人かが抱きしめに行こうとして、メイドに止められた。

「……わたくしが余計なことを言ったばかりに……」

声をかけたお嬢様も泣き崩《くず》れ、友達《ともだち》に慰《なぐさ》められている。

「わたくし、尼になります……」

「いけませんわ！」

『大丈夫、お嫁《よめ》に行けます！　白亜《はくあ》さまはパンツ穿《は》けなくても行く予定です！　——あっ霧生《きりゅう》さん、なんでマイク取るんですか』

騒ぎも一段落し、次のレースが始まった。

おお……っ！

歓声が上がる。

他のお嬢様たちがゴールしても、なおテーブルで食事を続けるお嬢様に対してだ。

その子は目をつむりながら、サンドウィッチをじっくり味わっている。

「味わっていらっしゃいますわ！」

「いかなるときも、食の愉《たの》しみと感謝を忘れない……」

「優雅！」

「優雅ですわ！」

まわりのお嬢様たちが大絶賛している。

……この運動会、夕方までに終わるのかな。

19話　借り物競走(清華院バージョン)

『続きまして【お借り物競走】を行います！』

崎守《さきもり》さんのアナウンスが響《ひび》く。

『生徒だけでなく、ご来場の皆様もぜひご協力くださいませ！　貸せるものがある方は挙手を頂ければ、係のメイドが案内いたします！』

スタートラインに中等部のお嬢《じょう》様たちが並び、ピストルが鳴った。

しずしず……と歩きだす。

運動会が始まって三〇分経《た》つけど、徒歩しか見ていない。

お嬢様たちが楚々《そそ》と屈《かが》み、地面に置かれたカードをハンカチに包みながら取り上げる。

『嫋《たお》やかですわ！』

『指先が白魚のよう……！』

お嬢様たちの声援。参加者の保護者が連れてきたチアガールが跳ねる。

カードに書かれたお題を確認したお嬢様たちが、観客席に向かって散っていく。

清華院《せいかいん》のことだから、書いてるものも普通じゃないかもしれない。

なんだろう？　ダイヤの指輪とか？

こっちに来たお嬢様が呼びかける。

「どなたか、**重要文化財**をお持ちではありませんか？」

ね――よ!!

「「「はい（観客席）」」」


「なんで三人も所持してんだよ!!」

俺のツッコミもむなしく、観客席から「御前」と呼ばれてそうな老人が下りてきて、お嬢様と手を取りながらゴールへ向かう。

ゴールでは、麗子《れいこ》のメイドの霧生《きりゅう》さんが係員をやっていた。

『お借りしてきたものはなんでしょうか？』

と、お嬢様にマイクを向ける。

『はい。重要文化財の【短刀無銘《むめい》貞宗《さだむね》名物池田《いけだ》貞宗】です』

霧生さんの横で、気難しげな顔をしたメイドが短刀をチェックし、霧生さんに目配せする。

『本物と認められました』

お嬢様が喜び、御前とハイタッチする。

借り物競走で真贋《しんがん》の鑑定《かんてい》って必要なのかな。

次のレースが始まった。

カードを確認したお嬢《じょう》様の一人が、まっすぐこっちに向かってくる。

「あの、公人《きみと》さま……」

「え、俺？」

中等部の子は緊張してるのか、顔を赤くしながらうなずく。

「何？　文化財とか持ってないけど……」

すると、カードを広げて見せてきた。——【運動会のしおり】。

「……あ、これのこと？」

こくんっ、とうなずく。

「お借りしてもよろしいでしょうか？」

「もちろん」

参加者ならみんな持ってる。こういう普通のお題もあったんだな。

「で、では……あの」

おずおずと手を差し出してくる。貸し主を連れていくルールだ。

俺はお嬢様の手を握った。

「！　きゃうっ」

「あっ、ごめん」

「いえあのっ、大丈夫ですから！　………放さないでくださいませ」

「？　ああ」

そして俺たちはゴールに向かった。

なんだろう――異常に注目されている。

まわりを囲むお嬢様たちが、手をつないで歩く俺たちをじっ……と目で追っていた。そして、レースを控《ひか》えて体育座りしてるお嬢様たちも、やたら熱心に――「いいことを教えてもらった」とでもいうふうなまなざしでみつめてくる。

『おーっと！　神楽坂《かぐらざか》さまが手をつないでいます！　だめ浮気《うわき》！　ぜったい！』

実況は無視した。


「……ふう」

無事に役目が終わって、俺は自分のイスに腰を下ろす。

ピストルが鳴り、次のレースが始まった。

しずしずとスタートしたお嬢様たちが、カードを確認する。と――

全員が早歩きで俺の前にやってきた。

「「「「あのっ、公人《きみと》さまっっ」」」」

「……へ?」

「【ピカソの青の時代の作品】はお持ちですか⁉」

「【文化勲章《くんしょう》】は⁉」

「【誰でもいいから女性】と書いてありました!」

「明らかに俺じゃないよね⁉」

20話 ✣ 一〇〇メートル走

全力で走るお嬢《じょう》様たちが、目をつむりながらえいっ！　とゴールに飛び込む。

『おーっと、先頭二人がほぼ同着！　写真判定を行います！』

一〇〇メートル走まで歩くんじゃないかと不安だったけど、さすがにそんなことはなかった。

大型ヴィジョンに判定写真が出る。オリンピックとかで見る、ゴール前に白いラインが引かれたあれだ。

胸をいっぱいに反らせたお嬢様が、うつむいたお嬢様よりほんのわずか先にゴールしていた。

『一着は黒岩道子《くろいわみちこ》さまです！　いやあ白熱したレースでした！』

拍手。

午前最後の競技ということもあって、応援も盛り上がっている。

『では次のレースです！』

いよいよ、俺の番だった。

「公人さま、がんばって」

一つ後ろの列にいる麗子《れいこ》が激励《げきれい》してくる。そのまなざしは、はっきりわかるくらい期待に満ち満ちていた。

他のお嬢《じょう》様たちも同じ、星の瞳《ひとみ》をしている。

「ああ……」

若干気圧《けお》されながら、立ち上がった。

とたん——グラウンドを囲む全生徒から「待ってましたわ」と言わんばかりの拍手。

スタートラインに向かって歩きながら俺は、クラスで言われたことは正しかったと実感した。

幼稚園《ようちえん》から大学に至るお嬢様たちの「殿方はどれだけおみ足が速いのでしょう」という、わくわくしたまなざし。つやつやした頰《ほお》。

それらを全身に浴びまくる。緊張で、股《また》がむずむずしてきた。

「公人《きみと》さま、お手柔らかに」

隣のレーンのクラスメイトが言ってくる。と、

「英里子《えりこ》さま、それでは公人さまが手加減なさってしまいますわ！」

「！　そうでしたわっ、公人さま、どうか全力で！」

「全力で!!」

「………」

プレッシャーで脚がつりそうだった。

『さあ、神楽坂《かぐらざか》さまはどんな走りを見せてくれるのでしょうか!?　崎守《さきもり》もドキドキが止まりません☆』

俺はアキレス腱《けん》を伸ばし、体勢を整える。

「位置について」

構える。

……これはもう、ほんとのガチでやるしかない。

「よーい……」

ピストルが鳴った。

飛び出す。

砂利《じゃり》を蹴《け》る感触。

背をまっすぐに。

手のひらはぴんと伸ばして。

腕を直角に振り。

トップスピードに。

耳を過ぎる風の音。

足音。

揺《ゆ》れる視界。

前には誰もいない。

ゴールが近づいてくる。

誰もいない。

駆け抜けた。

「……っ！」

大歓声。

お嬢《じょう》様たちの拍手喝采《はくしゅかっさい》が俺を包んだ。

レーンを振り返ると、他の子たちはようやくゴールの五メートル手前くらいを走っている。

俺は男子としては平均かちょい上くらいの速さだけど、それでも女子の中だとこんなにダントツなんだと、自分でもちょっと驚《おどろ》いた。

今、お嬢様たちが全員ゴールした。

はあはあと息を乱しながら、笑顔で俺をみつめてくる。

「……速い！」

「公人《きみと》さま、お速い！」

「ぐんぐん遠ざかっていかれましたわ……！」

とても満足そうだった。

観戦していたお嬢様たちのつぶやきも小さく届いてくる。

「やはり殿方は違いますわ」

「故郷の草原を渡る風のようですわ」

普通の走りでめちゃめちゃ褒《ほ》められて、どうしていいかわからない感じにくすぐったい。

まだ続く拍手に頭をかきながら、俺は一位の列に座った。

『公人さまのお見事な走りに、お嬢様たちも大満足のご様子！　公人さま、目移りはダメですからね？　NO目移り！』

そろそろ霧生《きりゅう》さんあたりが黙らせてくれないかな。

『すいませんメイド長！　調子乗ってました!!』

みゆきが止めたようだ。


次のレース。

中央のレーンに、麗子《れいこ》が立っていた。

いつもながら華やかな存在感があって、いかにも速そうだ。

実際どうなんだろう、と思う。運動神経がいいのは体育で見てるけど、こういう全力ダッシュは見たことがない。

麗子《れいこ》が俺の視線に気づいて、にこ、と微笑《ほほえ》む。かわいい。

来場者席の一角で数十人規模のチアガール隊が派手に踊っていて、あそこが有栖川《ありすがわ》家なんだなと、ここからでもわかった。

レースが始まる。

みんなが位置について構える。メイドがピストルを天に向け——鳴らした。

麗子の超反応。

ドンッ！　とスタートで飛び出し、そのまま他のお嬢様《じょう》をぐんぐん置き去りにして——ゴール。

会場全体が、どっと湧《わ》く。

有栖川の応援席では、チアの三段リフトがミサイルみたいに飛んだ。

麗子がこっちにやってくる。ほとんど息が乱れていない。

「すごい速かったな」

「いえそんな。公人《きみと》さまにはとても及びませんわ」

……いや、かなりきわどいんじゃないかな。

『これにて午前のプログラムは全て終了です！　みんなでウキウキおべんとタイムですよ☆』

21話 そう

チアガールがいなくなって、来場者席は一気にがらんとなった。

昼休み。音楽の生演奏が優雅に流れる中、生徒と家族が来場者席で弁当を食べている。

そう言うと庶民《しょみん》的に聞こえるけど、テーブルが設《しつら》えられてたり給仕をするメイドがいたりとやっぱり清華院《せいかいん》な光景だ。何より、人の雰囲気《ふんいき》やゆったりした空気感が違った。

「公人、こっちこっち！」

姉貴が、観覧席に掛けたまま手を振ってくる。

……恥ずかしい。

俺は渋い顔をしつつ、家族の元に向かった。

お袋と姉貴、その隣には愛佳《あいか》の母——美子《よしこ》さんも座っていた。

「あ……お久しぶりです」

挨拶《あいさつ》した俺を、美子さんはあいかわらずのフラットな表情で見返し、

「ええ」

と応《こた》えた。

「もー美子さんいてくれてホント助かったわ。私たちだけじゃ居場所がないっていうか」

お袋が言う。それはたしかにそうだろうなと思った。

「愛佳の父《おじさん》は来てないんですか?」

「仕事で忙しいの」

「やっぱり会社を建て直すって大変なのねぇ」

お袋は神妙にうなずくけど、俺はあの「嫁《よめ》のためなら世界が滅びてもいい」ぐらい言いそうな人がおとなしく仕事を選んだのがちょっと意外だった。

「来ようとしたけど、来たら別れるって言ったわ(美子)」

納得した。

「フゥー!」

姉貴はなぜそこで盛り上がるのか。

「そういや親父は?」

「誘ったけど、いいって」

まあ、親父らしい。

「いやーそれにしても、ほんとすごい所ね……」

お袋がスタジアムを見渡してつぶやく。

「ここもだけどさ、トンネル抜けたときはマジびびったわー」

姉貴の言葉に、俺も感覚を思い出す。

「俺も最初来たときはびびったよ」

「ね、ここにいるのって、ほんとのお嬢様《じょう》なんでしょ？」

「ああ」

「あんた大人気ね、見てたけど」

「……まあ」

「勘違《かんちが》いすんじゃないわよ？　基本、男が珍しいってだけなんだから」

「わかって――」

「そうよ、血迷っちゃダメよ」

お袋が真剣な顔で割り込んできた。

「手を出したら、あんたニューハーフにされちゃうんでしょ？」

「……はい」

「あっ、愛佳《あいか》ちゃん、こっちー！」

姉貴が手を振る。

その方向を見ると、愛佳が姉貴に笑顔を返して段を上ってきた。

「じゃあ、お弁当食べましょ」

お袋がカバンから重箱を出す。

「どうしよう、イスで横並びだと食べにくいわよね……」

「この下にシート敷《し》いちゃう？」

姉貴が通路を指す。かなり幅があるので、いけそうだった。

「ほら、他にもやってる人いるし」

「そうね。そうしましょ」

「公人《きみと》、これ敷いて」

「……はいはい」

俺は畳まれたシートを広げていく。

「あ……手伝う」

愛佳《あいか》が向かいの端っこを持った。

「まっ、えらいわー愛佳ちゃん♡」

「気がきく♡」

なんだこの差。

でもまあ——うちでの居候《いそうろう》生活で、こいつがちょっと変わったのはたしかだ。

シートの上に開けられたお袋の弁当をみんなで囲む。

うちの家族と、愛佳の家族。

「…………」

なんだろう、この気恥ずかしさ。

同居してたときは毎日同じ食卓《しょくたく》を囲んでたのに、今のこの状況は、すごくむずがゆい。

なぜだろう。まわりの目があるからなのか、運動会で一緒《いっしょ》に弁当っていうのは変な身内感が出るからなのか。

愛佳もむずむずして落ち着かない。互いの視線が合って、逸《そ》らした。

お袋と姉貴のろくでもない視線を頬《ほお》に感じたけど、断固無視した。

そのとき。

「愛佳」

美子《よしこ》さんが呼びかけ、カバンの中から籐編《とうあ》みのランチボックスを取り出す。

「お弁当」

俺たちは、えっ、と驚《おどろ》く。

「うん」

でも愛佳はそんな様子もなく応《こた》えた。が——

「今年は自分で作ったわ」

とたん、俺たち以上に驚いた顔になる。

「ママが……作ったの？」

「ええ」

「自分で？」

「そうよ」

言って、フタを開ける。

サンドイッチと、じゃがいもをローズマリーで香りづけしたオーブン焼きと、ピクルス。シンプルだけど、普通においしそうな弁当だった。

「料理を作るのは本当に久しぶりだったのだけど」

ランチボックスを、愛佳《あいか》の前に置く。

「食べてみて」

「…………」

愛佳がきょとんとしたような表情をしつつ、サンドイッチを一切れ、取る。

食べた。

「どう？」

愛佳がこくん、とうなずく。

「……おいしい」

「そう」

美子《よしこ》さんが、ひと呼吸の間を置いて。

「よかった」

愛佳は目を伏せたまま、もくもくと食べている。

「ごめんなさいね、今まで作ってあげなくて」

ふるふると首を振る。

その親子のやりとりに、俺はちょっと目の奥が熱くなってしまう。

姉貴も潤《うる》んでいて、お袋に至ってはほぼ泣いていた。

そんなふうに、弁当を食べた。

22話　それはよいことを聞きました

弁当を食べ終えてまったりしていたとき、こっちに向かってくる二人組に気がついた。

一人は背の高いスレンダーな女性。

もう一人は、**巫女《みこ》みたいな服を着つつ背中に自分の身長よりも長い大剣を差した幼女。**

「きみが神楽坂《かぐらざか》君だな？」

背の高い女性が聞いてくる。

白いブラウスと黒いパンツの似合う綺麗《きれい》な人。ただ、目の下にクマがあって、全身から淡い倦怠感《けんたいかん》が漂《ただよ》っている。

「私は汐留白亜《しおどめはくあ》の母、紅子《こうこ》という。娘がいつも世話になっている」

軽くお辞儀してきた。

「あっ、どうもはじめまして」

俺はあわてて立ち上がろうとした。

「楽にしていてくれ。少し挨拶《あいさつ》に来ただけだから」

唇をうっすら笑みの形にする。

改めて見ると、たしかに白亜と共通した面影がある。でも表情や声はとても落ち着いた大人の感じだ。

娘と同じ色素の薄いまなざしが、満足げに細められる。

「神楽坂君は、いい声をしているな」

「え？」

「失礼。音楽をやっていることもあって、音には敏感なんだ。声にはその人の性質や知性が出るものだと私は勝手に思っていてね」

「はぁ……」

「きみはとてもバランスの取れた人柄のようだ。親として安心したよ。これからも娘のことをよろしく頼む」

手を差し出してきた。

「あ、こちらこそ」

今度こそ立ち上がって、握手した。音楽関係らしい、細くて長い指だった。

「白亜は色々と迷惑をかけているだろう」

「いえ、そんな」

「あの子はうちでも変わり種でね。音楽家の家系に、どうして急に科学者が生まれたのか……」

紅子さんが首を傾《かし》げる。たしかに外見の面影はあるけど、今のところそれ以外の共通点はなさそうだった。

「しかし、まあ――」

おばさんが、ふいに硬直《こうちょく》する。

かと思うと、ポケットから手帳を取り出し、猛烈な勢いでペンを走らせ始めた。

カリカリカリカリ……！

凄《すさ》まじい集中を感じさせる瞳《ひとみ》で、五線紙に音符《おんぷ》を書き続けている。その様子はまるで、娘の白亜《はくあ》と同じ――

パーン！

紅子《こうこ》さんのブラウスが弾《はじ》け飛び、赤いブラジャーが露《あら》わになった。

「……っ!?」

驚《おどろ》く俺たちをよそに、紅子さんは一心不乱《いっしんふらん》に速記を続ける。

パーーン！

ブラが弾け、透けるように白いおっぱ――

「隠してください!!」

目をつぶりながら叫んだ。

「……いや、申し訳ない」

メモを終えた紅子さんが、ブラウスのボタンを留めながら言う。

「なんの話だったか……そうそう、白亜のことだ」

うなずき、

「あの子は、アイデアが閃《ひらめ》くとどこでも服を脱ぐ困った癖《くせ》があるだろう？　まったく、誰に似たのか……」


「あんただよ!!」


全力でツッコんだ。

「何を言う。私の場合は**意思に関係なく勝手に弾け飛ぶのだ**。それに……」

ブラウスの一番上のボタン（はめ込み式）を外し、また付ける。

どうだ、とばかりに俺を見た。

「私は自分で着ることができる。娘とはぜんぜん違う」

「…………」

このムキになる加減も、娘にそっくりだなと思った。


「次は、わらわが挨拶《あいさつ》しよう」

大剣を背負った女の子が言う。また**めんどくさそうな物件が出てきた**と思う。

巫女《みこ》っぽい水引でポニーテールにした黒髪、背は白亜《はくあ》よりもさらに低く、小学校低学年に見える。刃物つながりから、可憐《かれん》の身内だと予想した。

「可憐の母、静《しずか》である」

「……は？」

「わかっておる、みなまで言わずともよいぞ」

静さんが手で止める動作をする。

「わらわの若さと美貌《びぼう》に驚嘆《きょうたん》しているのだろう。だが、れっきとした経産婦である」

経産婦て。

「近所の奥様方からも『若くて羨《うらや》ましい』『……本当に、羨ましい……』『ちょっと血を飲ませてほしい』とよく言われている」

「その奥様方、大丈夫!?　早く逃げて！」

「よいではないか血ぐらい。減るものでなし」

「減るよ!!」

そのとき、

「この剣は何？」

美子《よしこ》さんが、まったく流れを読まない感じで、あえてノータッチだった話題に触れる。

「うむ、仕事道具である」

「なんの仕事？」

「詳しくは言えぬが、主に悪霊《あくりょう》の類を斬《き》っている」

「ほぼ言っちゃってるよ!!」

「や、近年は仕事が減ってきていてな。人口減少で先行きも今ひとつである」

「それは大変そうね」

　俺のツッコミは、なかったことにされていた。

「故に娘二人は立派な淑女《しゅくじょ》とすべく、この学校に入れたのだが……可憐はわらわに似てしまったようだ」

　苦笑いを浮かべる。言われてみれば、きりっとした目許《めもと》がほとんど一緒《いっしょ》だ。そして、あいつの異常な剣技はここにルーツがあったんだな。

　俺は静さんの袴《はかま》に目が行く。可憐の母。ルーツ。あの下にはいったい、どんな太ももが隠れているのだろうか――。

「ときに公人《きみと》殿」

「袴って珍しいなと思ってつい見てしまいました（スラスラッ）」

「？　そうか。公人殿、可憐から聞いているぞ」

「はい？」

「たいへん世話になっているようだ」

「いえ、そんな……」

「謙遜《けんそん》せずとも。娘は、いつもそなたとのことを楽しげに話しているぞ」

「そうなんですか」

へえ……。

「この間、ついに初めてのデートをしたとか」

「え？」

「映画を観《み》てお茶を飲んだと、その日の夜に電話で報告してきてな。嬉《うれ》しそうであったぞ？」

「！　それは……」

まわりの視線が集まる。お袋と姉貴の「ほほう」という視線と、愛佳《あいか》の妙に鋭いまなざし。

「いやはや、まさか清華院《せいかいん》で婿《むこ》がみつかるとはな。親が言うのもなんだが、あれはなかなかよい嫁《よめ》になる。公人《きみと》殿、娘のことをよろしく頼むぞ」

「待ってくださ――」

「待ってくれ、どういうことだ」

紅子《こうこ》さんが割り込んできた。

「神楽坂《かぐらざか》君、きみはうちの白亜《はくあ》と交際しているのだろう？」

「……へ？」

なにそれ。

戸惑う俺に、紅子さんは真剣な表情で続ける。

「何度も二人で出かけ、会えば白亜を膝《ひざ》の上に乗せて放さず、カップル用のジュースを飲み、ローマの休日のごとくロマンチックな雰囲気《ふんいき》でキスを迫るそうじゃないか。このままゴールインするかもですよ、と報告を受けている」

「……誰に？」

「担当の崎守《さきもり》さんに」

あいつッッ!!

と——俺の前で、紅子さんと静《しずか》さんが無言で見合っている。

同時に振り向いてきた。

「公人殿」

「神楽坂君」

「は、はいっ」

「如何様《いかよう》なことであるか」

「きみは、うちの白亜と交際しているんじゃないのか？」

詰め寄ってくる。静かなトーンだけど、ほんのり剣呑《けんのん》な気配が漂《ただよ》い始めていた。

やばい……今すぐ誤解をとかないと。

「違うんです、それは――」

「あら、愉《たの》しそうなお話ですこと」

聞き覚えのある声に振り向くと――麗子《れいこ》の母、鳳子《ほうこ》さんがメイド二人を従えて立っていた。

「久しぶりね、公人《きみと》さん」

にっこりと微笑《ほほえ》みかけてくる。

薄手の着物姿に差しかけられる白い日傘が、とても涼しく映えていた。最近黒いやつをよく見るけど、やっぱり日傘は白がいい。

侍女を連れて悠然《ゆうぜん》と歩いてくる姿は、あいかわらず女帝の貫禄《かんろく》だ。

紅子《こうこ》さんと静《しずか》さんが、御三家の鳳子さんに恭《うやうや》しくお辞儀する。それを見て美子《よしこ》さんが「ああ、そうだったわ」という感じで頭を下げた。

鳳子さんが、俺のお袋の前で立ち止まった。

「初めまして、奥様。公人さんのご家族に挨拶《あいさつ》をと思い、伺いました」

「あなた様は……？」

あなた様ってなんだよ。

鳳子さんの女帝オーラにお袋は飲まれ、今にも跪《ひざまず》きそうになっている。

「有栖川《ありすがわ》鳳子と申します。娘の麗子がいつもお世話になっております」

お辞儀した。

「！　お、おやめくださいっ！」

お袋が、もはや家臣の勢いで止める。

「こちらこそ息子が大変お世話になっております！　息子はこの通り平凡で、やさしいところもある子ですが、脚フェチというんでしょうか女の子の太ももにばかり執着する困った子でして！　それから……」


「おいコラお袋!!」


ホホホ、と鳳子さんが笑う。

「そうですか。息子さんは太ももがお好きなんですか。——**それはよいことを聞きました**」

その笑顔を俺に向けてくる。瞬間、なぜかゾワッと寒気がした。

「奥様、そんなにかしこまらないでくださいませ」

鳳子さんが、まだ恐縮しているお袋をなだめる。

「わたくしたち、そう遠からず身内となるのですから」

お袋が、きょとんと見返す。

横で姉貴が、まさか、という顔になる。

「公人さんはすでに、麗子にプロポーズも済ませているのですよ？」

なッ——

「そうなの公人《きみと》⁉」

「違うよ！」

「あらあら」

鳳子《ほうこ》さんがほんの少し首を傾《かし》げて、

「麗子《れいこ》の見合い会場に押しかけて、縁談をぶち壊しにしたのは何方《どなた》？」

「……俺です」

「そのとき麗子に『俺、がんばるから。がんばって麗子が幸せになるようにするから‼』と言ったのは？」

「……俺です。けどっ、それは誤解だって！」

「誤解？　具体的にどのような？」

「それは――」

「麗子のことをどうとも思っていないのに、縁談だけは潰《つぶ》したと？」

「……！」

鳳子さんの不敵なまなざしが、ねっとりと俺を絡め取ってくる。

勝てる気がしなかった。

「公人君、結論だけを聞かせてくれ」

紅子《こうこ》さんが入ってきた。

「きみは白亜《はくあ》と交際しているのか？」

みつめてくるまなざしが据《す》わっていた。

「可憐《かれん》と付き合っているのであろう？」

静《しず》さんがさっきと一転した、ほんのり狩人《バスター》の気配をにじませた瞳《ひとみ》で見上げてくる。左手が剣の柄《つか》に伸びていた。

「麗子と結婚するのよねぇ？」

女帝の笑顔のプレッシャー。

「…………」

三人に詰め寄られ、冷たい汗がだらだらと垂れてくる。

いいかげんな回答をすると命に関わりそうな気がしたので、俺ははっきりと言った。

「違います！　俺は誰とも付き合ってません！」

しんと静まりかえる。

と――

「そうだったのか」

「ふむ」

「うふふ」

三人の保護者たちが応《こた》える。

「まあ、デート＝付き合う《イコール》というわけではないからな」

「少々早まったようじゃな」

……ほっ。どうやら誤解はとけたようだ。

張りつめていたものが消え、俺は息をつく。

「──では、誰と付き合うんだ？」

「……は？」

紅子《こうこ》さんが述べる。

「総合すると君は、白亜《はくあ》と、神領《じんりょう》、有栖川《ありすがわ》のご息女とそれぞれ深く交流している。そこまではいい。肝心《かんじん》なのは……誰を選ぶつもりなのか、ということだ」

「………………」

いつのまにか、三人に至近距離で囲まれていた。

プレッシャーが復活していた。

なんだろう。空気的に俺は白亜、可憐《かれん》、麗子《れいこ》の誰かを選ばないといけない段階まで交際を進めた扱いになっていて「そういうんじゃありません」とか言ったら、とてもひどいことになりそうな感じに追い詰められてしまっていた。

「……あの──」

「白亜を選ぶのだろう？」

「可憐《かれん》であるよな？」

「もちろん麗子《れいこ》よね」

「愛佳《あいか》は？」

美子《よしこ》さんまで加わった。

愛佳の顔が赤くなる。

「マ、ママ！　やめ――」


「お母様っ!!」


麗子、可憐、白亜《はくあ》が真っ赤な顔で駆けつけてきた。

それぞれの母親の手を取って、引っぱる。

「何を仰《おっしゃ》ってますの!?」

「お母様、行きましょう！」

「……っ！」

「あらあら」

「くくく、真っ赤ではないか可憐」

「何をする白亜。母は、はっきり言えないお前に代わって……」

ぐいぐい引っぱられ、三組の母娘《おやこ》が遠ざかっていった。

23話　公安のマークをつけるべきです

三組の親子を見送っていたとき、生徒会長の場内放送が入った。

『ここで、神楽坂《かぐらざか》さまから与えられる【賞品】について発表いたします』

ああ、このタイミングでやるんだ。

『ずばり、神楽坂さまが一週間編入します。最高得点を取ったクラスのみなさんは、神楽坂さまと一緒《いっしょ》に授業を受け、学校生活を共にすることができるのです』

やっぱ。そういうことだよな。

会場のお嬢《じょう》様たちから、黄色い歓声が上がる。

何がうれしいのか俺はいまだによくわからないけど、まあ、よかった。

『なお、学部や学年は関係ありません。大学から**幼稚園《ようちえん》の年少まで**、すべてのクラスが編入の対象になります』

吹いた。

……まあああ……！

お嬢様たちが色めき、場内が沸《わ》く。小さい子の声も聞こえる。

「…………」

……まあ、一週間くらいならいいか。

空気を読んで自分を納得させた。

そのとき。

『さらに、個人の【ＭＶＰ賞】がございます』

……へ？

『本部ではクラスだけでなく、生徒個人の得点も独自に集計しています。最高得点を獲得したＭＶＰには特別に――【神楽坂《かぐらざか》さまになんでもひとつお願いをきいてもらう権利】が与えられます！』

会場が水を打ったように静まりかえり――どよめき。

沸騰《ふっとう》。


「会長!!」

俺が駆けつけると、会長はテントで紅茶を飲んでいた。

あら、とばかりにこっちを向き、歓迎の笑みを浮かべる。

「ようこそいらっしゃいました。ささ、こちらの席へどうぞ」

「じゃなくて！　なんスかあのＭＶＰ賞って!?」

すると、会長の瞳《ひとみ》がきらきらと輝く。

「ご覧ください、みなさんの喜びよう」

会場に向き直って、全体を見渡す。

そこには騒ぎが落ち着いたあとも熱が残っていて、それが黄色や桃色の空気になってスタジアムをぼうっと覆《おお》っているふうに感じられた。

「希《のぞ》んでいたことが叶《かな》えられ、あんなにも満たされているのです。なんて素敵なのでしょう……」

つぶやく横顔は透きとおっていて、今にも感動で泣いてしまいそうに瞳を潤《うる》ませていた。目に映っている生徒全員を等しく愛している、とでもいうようなまなざし。人からかけ離れた印象すらあった。

「みなさんの希《のぞみ》を受け取り、叶えることがわたくしの喜び。わたくしは唯《ただ》、それだけを希んでいます」

……みゆきに聞いた話を思い出す。

会長と初めて会った日の夜、洗濯物《せんたくもの》を持ってきたみゆきにその話題を振った。

するとみゆきは、会長の人となりについてこう評した。

『公安のマークを付けるべきです』

『なぜ!?』

……なんてツッこんだけど、今ならちょっとわかる。教祖とかになったら、すごいことになるかもしれない。

それはともかく——。

「……あの」

俺は切り出す。

さすがに「なんでもひとつ」という条件は変えてもらいたい。

「わかっています」

「え？」

「もちろん神楽坂《かぐらざか》さまの希《のぞみ》も、わたくしは受け取っています」

「………なんですか？」

会長はゆっくりとこちらに向き、透明な笑みを浮かべて言う。

「浴室とトイレ」

——。

「寮《りょう》内の男子トイレ及び浴室の設置を、生徒会長として責任を持って推進いたします」

ぐらり……と揺《ゆ》らぐ。

たしかにそれは、俺がものすごく欲しいものだ。願望を的確に突かれた感じだった。

「心配いりませんよ」

揺らいだ俺に、会長が言葉を重ねてくる。

「『なんでも』だからといって、みなさんが神楽坂さまに無茶なお願いをするはずがありません」

「…………」

たしかにそうだ。清華院《せいかいん》のお嬢様《じょう》が、そんな変なことを要求してくるはずがない。

念願の風呂《ふろ》とトイレも手に入るし、何も問題は……

「わかっています」

「……え？」

「神楽坂さまの、もう一つの希」

会長が、罪を赦《ゆる》す聖母のような微笑《ほほえ》みを浮かべた。

「わたくしの太ももを好きにしていいのですよ」

「!!　けっこうですっ！」

24話　我は赤枝の騎士、フーリンの犬……

『まもなく昼休みが終了します！　生徒のみなさんはクラスの席にお戻りくださいませ』

俺は家族に一声かけたあと、自分の席に向かっていた。

『いやあ、賞品の内容は驚《おどろ》きでしたね！　さすがは生徒のみなさんに愛されまくる清子《きよこ》さまです！　崎守《さきもり》もあの発想を見習わなくてはいけません！』

なに言ってんだ。

そう――ＭＶＰ賞、やることになってしまった。

いや、それをやってもいいって思えるぐらい、風呂《ふろ》とトイレの問題は切実なんだよ。

ただそれだけだ。

なんで俺はあのとき「けっこうです！」なんて見栄張っちゃったんだろう……なんて全然思ってない。

「五年藤組、勝ちますわよ！」

「「「「えいえいおー！」」」」

初等部のクラスが円陣を組んでいる。

通りかかった俺にはっと気づき、恥ずかしそうにうつむいた。

かわいいな。

見ると、あちこちでそういうクラスの団結をはかっているらしき光景があった。

理由はさておき、発表前とは明らかに空気が違う。暖まって、うずうずとうねっている。いい感じの盛り上がりだった。

――まあ、いいことだよな。

そんなふうに改めて納得したとき――

「陸上部エースの春名《はるな》さまが入念なアップを始めましたわ！」

声のした方で、日焼けしたお嬢《じょう》様が無言でストレッチをしている。それはさながら、インターハイ出場をかけたレースを控《ひか》えているような真剣なオーラだった。

「ＭＶＰを狙《ねら》っていらっしゃるのですわ……！」

…………。

「合気道の天才、静流《しずる》さまが静かに気を高めていらっしゃる！」

「ケルト魔術《まじゅつ》研究会の代表が儀式を行っていらっしゃいますわ！」

「……クー・フーリン……我は赤枝の騎士《きし》、フーリンの犬……」

…………あれ？

なんだろう。会場のあちこちがおかしいナ。

「まあ、メイド長！」

騒ぎが聞こえた。

見ると——中等部の子らに、みゆきが囲まれている。

体操服姿だった。午前に見かけたときは、メイド服で普通に仕事してたのに。

「実は私《わたくし》、メイド長であるとともに生徒として中等部に所属しているのです」

しおらしい態度で説明する。

「「「まあ、そうでしたの！」」」

「みなさまを見ていると、私も行事に参加したい、学校生活の思い出を作りたい……その気持ちを抑えられなくなってしまいました」

純粋《じゅんすい》なお嬢《じょう》様たちは、その話だけでほろっと泣きそうになっている。

「私も、三年桜組の一員に加えて頂いてもよろしいでしょうか？」

「「「もちろんですわ……!!」」」

お嬢様たちが輪を詰め、みゆきの手を取っていく。

「メイド長——いえ、みゆき様はわたくしたちの仲間ですわ！」

「ともにがんばりましょう！」

「みゆき様なら、ＭＶＰもお取りになれますわ！」

「みなさま、ありがとう存じます。ＭＶＰについては、ええ——そのつもりです」

にこりと笑った。

俺はよくわからないけど——本当によくわからないけど、ちょっぴり怖くなって、足早に離れた。

すると。

ブオンッ！　ブオンッ！

可憐《かれん》が競技場の端っこで、剣の素振りを一心不乱《いっしんふらん》にやっていた。

「「「「は・く・あ！　は・く・あ！」」」」

観覧席では、ラボのメイドたちが太鼓を叩《たた》きながら応援旗を振っている。

見て見ぬふりをして、通り過ぎた。

白亜《はくあ》のメイドはともかく、可憐はなんで素振りなんかやってたんだろう。

そして、やっとクラスのエリアに辿《たど》り着く。

「麗子《れいこ》さま、お勝ちになってくださいませ！」

東城《とうじょう》さんたち三人組をはじめ、クラスメイトが麗子を囲んでいた。

「麗子さまならＭＶＰもお取りになれますわ！」

「わたくしなんて、そんな」

麗子は謙遜《けんそん》しつつ、

「でも、みなさまに応援頂いたからには全力で励《はげ》みますわ」

にっこりと微笑《ほほえ》む。そのたたずまいには、いつもと違う凄味《すごみ》というか、オーラを感じた。

「麗子《れいこ》さま、気合いが入っていらっしゃる！」

「いつもと違いますわ！」

そのとき、麗子が俺に気づく。

とたん赤くなって、突き出した手のひらをわたわたと振る。

「い、いえあの！　違いますの！　何事も全力を尽くしたいと！　そういったお話でしたのよ⁉」

「ああ、うん」

麗子はそうだろうと思う。

クラスメイトのほとんどが麗子のまわりにいる一方、愛佳《あいか》は……自分の席で寝たふりをしていた。

ツンピュアさん……。

25話　白亜さまの天才科学が生み出した物理エネルギー的なもの

『午後最初のプログラムは、障害物競走です！』

俺は、待機列の中に白亜《はくあ》をみつけた。

体育座りをしている姿は、横に並ぶ同じ中等部の子たちに比べてひときわ小さい。

コースの障害は主に、網と、粉の中から飴《あめ》をみつけるやつと、三輪車を漕《こ》ぐやつ。

今回は大学のお姉様方からだった。

スタートラインに並ぶ姿は、壮観。さすがに大人の雰囲気《ふんいき》で、磨《みが》き抜かれた淑女《しゅくじょ》オーラを纏《まと》っている。清華院《せいかいん》の教育の完成形という感じだった。

スタートのピストルが鳴った。

いっせいに走りだし、最初の網へ。屈《かが》みながらくぐっていく。

網を抜け、白い粉の積もった飴探しの台へ差しかかった。

——あっ。

ここへきて、俺はようやく状況の意外さに気づく。

これって基本、粉をふーふー吹きまくり、最終的には顔を突っ込んでまっ白になる。

清華院のお嬢《じょう》様って、そういうのアリなのか……？

大学のお嬢《じょう》様たちが、積もった粉に顔を近づける。そして――

……………ふううう。

紅茶を冷ますように、お上品な息を吹いた。

粉はけっして舞い上がったりせず、落ちていく砂時計のように一粒一粒という単位で流れていく。

「なんて繊細《せんさい》な吐息……！」

観《み》ているお嬢様たちが感嘆する。

「さすが大学のお姉様方ですわ！」

「ご覧になって！　あのお粉の舞いよう！　自《みずか》らにかからないだけでなく、隣にも及ばぬよう細心のお心遣いがなされていますわ！」

「嫋《たお》やか！」

「嫋やかですわ！」

後輩たちの尊敬のまなざしを浴びつつ、大学のお嬢様たちは、考古学者が土下座するほどの慎重さでふぅぅぅぅと粉を飛ばしていく。

………これ、ほんとに夕方に終わるんだよな？

白亜《はくあ》の番がやってきた。

他の子たちと、スタートラインに並ぶ。

……うわ、ほんとに小っちぇ。

手足も伸びきった中学生たちの間に、一人だけ幼女が挟《はさ》まれてる感じ。

障害走とはいえ、まともに参加できないんじゃないか。

大丈夫かな……？　見ててはらはらしてくる。なんか、保護者みたいな気分だ。

俺がこうなんだから、ラボのメイドたちもさぞ心配だろう。そう思って来客席を見てると

――


あれ？　いない。

その場所が、ごっそり空席になっていた。

どうしたんだろう。急な仕事でも入ったのかな？

そうこうするうち、スタートの準備が整う。

ピストルが鳴った。

白亜が走る。

なにげに全力疾走《しっそう》を見るのは初めてかもしれない。

てっ、てっ、という感じで手足を振る姿はとても可愛《かわい》らしいんだけど……遅い。

他のお嬢様たちが、あっというまに先に行ってしまう。基本的なリーチの差もあるけど、やっ

ぱり白亜《はくあ》は運動が得意じゃないみたいだ。

先行するお嬢様《じょう》たちが、最初の網をくぐっていく。

半分くらい進んだところで、やっと白亜が追いついた。

屈《かが》んで、網の中をもこ、もこ、という感じ進んでいく。

でも、手でうまく網をかき分けられずに、両膝《りょうひざ》をついて四つん這《ば》いで前進した。

弛《ゆる》んだ網が絡んでくる。無理に進もうとして、よけいに絡んでいく。

とうとう、完全に動けなくなった。

観《み》ているお嬢様たちから「……ああ……っ」と、いたましげな声が洩《も》れる。

『あっ、白亜さま、大丈夫ですかっ？』

崎守《さきもり》さんが珍しくあせっている。

俺も見ていられなくて、今すぐ駆けつけたいって衝動《しょうどう》に駆られた。

そのとき。

絡んでいた網が一瞬で解《ほど》け、ばっ！　と持ち上げられた。

網の四隅《よすみ》を、白亜っぽい髪型のヅラをかぶった**ラボで見たことのある**女性たちが持っていた。

全員二〇歳オーバーの体操服の**コスプレ**をしたメイドたちがさらに湧《わ》いてきて、白亜を低い台車に乗せ、紐《ひも》でガーッと引っぱって網から脱出させた。

あっけにとられる会場。

『こっ、これは……』

崎守さんが、

『分身の術です！　白亜さまの天才科学が生み出した物理エネルギー的なものです！』

んなわけあるかあぁぁ――っ！

「まあ！」

「すごいですわ……！」

信じるなあああああ――――っ!!

白亜がてってっ、と走る。

白亜のヅラをかぶったメイドたちが、ぞろぞろついていく。

その先の粉の台では、お嬢様たちがちょうど全員飴《あめ》をくわえて去っていったところだった。

白亜が着く。

と、メイドたちが前に出てきて、

フ――ッ！　フ――ッ！　フ――ッ！

全員で粉を吹きまくる。

白い煙でもわんもわんする中、メイドの一人が露出した飴を指さし、

「さっ、白亜《はくあ》さま！」

分身なのに「白亜さま」って言っちゃったよ！

飴《あめ》をくわえた白亜が走っていく。

メイドたちがぞろぞろついていく。

三輪車。

先行するお嬢《じょう》様たちが、えっちらおっちらと漕《こ》いでいる。手足の長い中学生はさすがに苦戦していた。

その点、白亜は有利だ。

白亜が三輪車にまたがる。

「さっ、白亜さま！」

メイドたちは白亜に**幼稚園《ようちえん》の黄色い帽子をかぶせ、カバンをかけ、写真を撮り始めた。**

「白亜さま、目線こちらです！」

「すごく可愛《かわい》いです！」

「なんでだよ!!」

我慢できずに叫んでしまいました。

結果――。

『やりました！　白亜さま一位！　大勝利です！』

白亜は一位でゴールした。

『分身たちが祝福しています！　ひょっとして独自の意思を持っているのでしょうか？　いやあ科学の進歩ってすごいですね！』

あの人は、閻魔《えんま》様に確実に舌を抜かれる。

メイドに囲まれ「M・V・P！　M・V・P！」と連呼されている白亜は、心なしか恥じらうようにうつむいていた。

26話　お通しできませんわ！

『棒倒し、続きましては高等部の対決です！』

俺たち高等部が、桜組と藤組に分かれて相対する。

今さらだけど、清華院《せいかいん》は一学年二クラスで、それぞれ「桜組」「藤組」となっている。

俺、愛佳《あいか》、麗子《れいこ》が桜組で、可憐《かれん》が藤組だ。

「神楽坂《かぐらざか》……悪いが全力で行かせてもらうぞ」

可憐がそばに来て、フッと笑う。

「べつに悪くはないだろ」

「いいや悪いな。なぜなら本気を出した私は一瞬でケリを付けてしまう。お前たち桜組に競技を楽しむ時間を与えられないのだから」

もしそれが本当なら、そっちの藤組にとってもそうだけどな。

ただ、今の可憐からはいつにない気迫を感じる。

「か、勘違《かんちが》いするな」

「は？」

「べつに私はＭＶＰなど目指していない。勝負には全力を尽くす。ただそれだけなんだからな！」

「そうか」

ガッ！（鞘《さや》の先端で突く）

「痛え⁉」

悶《もだ》える俺を放置し、可憐が荒い足どりで去っていく。

なんでだ。

それからほどなくして、競技の準備が整った。

ピストルが鳴る。

オフェンス担当のお嬢《じょう》様たちがいっせいに駆けていく。

相手のディフェンスと交差した。

「失礼します！」

「だめですわ！」

抱き合うようにしながら、お嬢様たちが押し合いへしあいする。

「失礼します！」

「お通しできませんわ！」

俺もオフェンスとして藤組の陣地に攻め込んでいた。

「公人《きみと》さま！」

数が多い。

お嬢《じょう》様たちが興奮のせいか顔を赤くしながら向かってくる。マークされてるのか、やたら人

「公人《きみと》さま……！」

俺は男子の全力でそれをかわしながら、棒に向かう。

可憐《かれん》が見えた。

開始位置から一歩も動いてない感じで、静かに立っている。

そして――**抜刀した。**

「可憐式剣義《けんぎ》……《島風《しまかぜ》》！」

横に払った剣先から風を斬《き》る音が疾《はし》っていき――

ザンッッ！

俺たち陣営の棒が切断され、落ちた。

可憐が刀をチン、と鞘《さや》に収め、俺にドヤ顔を向ける。

『失格！　藤組、反則により失格です！』

「なぜだ!?」

当たり前だ。

27話　ひみほ

青空に、桜色と藤色の玉が飛び交う。

賑《にぎ》やかな演奏に合わせて、全校生徒が参加する玉入れが始まっていた。

『おおーいつもながら壮観です！』

一学年二クラスといえ、幼稚園《ようちえん》から大学まで集まると一〇〇〇人になる。それが競技場に集まってたくさんのカゴめがけて玉を放る光景は、たしかに派手だった。

『まるで水玉アートのパフォーマンスみたいです！　あ、やだ教養が洩《も》れちゃいます！』

静かにしててくれないかな。

「えいっ！」

「やあっ！」

お嬢様たちが一生懸命《いっしょうけんめい》に玉を投げている。でも当然と言えば当然だけど、命中率は低い。

俺もなかなか入らなかった。

「えい」

愛佳《あいか》がひゅっと放る。

玉がなんでもない放物線を描き——

ぽすん。あっさり入った。

愛佳《あいか》が落ちている玉をむんずと掴《つか》み、

「えい」

また投げる。

ぽすん。入った。

今のところ、全部入っていた。

「？　なによ公人」

「お前……意外な特技が」

「え、特技？」

言いながら投げる。あっさり入る。

「そういや……みんな入ってないわね」

愛佳がまわりを見てつぶやく。今までまったく気づいてなかった感じだ。

「…………」

俺は玉を拾い、しっかりと狙《ねら》いを定めて——投げた。

カゴにぶつかって、落ちた。

「ぷっ」

「…………」

「えい」

愛佳が狙いもつけず、のんきに放った玉が、ぽすんと入った。

「……ねえ、ひみほ《公人》」

「なんだ」

「なんへわらひのほっへをはふーははふはふほ《なんで私のほっぺを左右からつまむの》？」

「なんとなく」

28話　やっぱり殿方はすごいですわ……！

「おーえすッ!!」

俺はガチの全力で綱《あみ》を引く。

「すごいですわ！」

「公人《きみと》さまの激しい表情……」

一緒《いっしょ》に綱を引いているお嬢様《じょう》たちが驚《おどろ》いている。でもそれは好意的な驚きだ。

男の全力を見せるのが、今日の俺の役割だ。

それにもし俺自身がＭＶＰになれば、あれこれ心配しなくてもよくなる。

というわけで、ここからは全部ガチで行く。

「(綱を放して公人を囲みつつ) なんだかこわい……」

「(綱を放して公人を囲みつつ) でも見ていると、どきどきしますわ」

「「「(綱を放して公人を囲みつつ) やっぱり殿方はすごいですわ……！」」」

「見てないで、綱引っぱってくれないかな!?」

あやうく負けるところでした。

29話　誰もツッこもうとしなかった

競技で、特に目立つお嬢様が三人いた。

『騎馬戦《きばせん》終了です！　おおーこれは……全滅！　藤組ほぼ全滅です!!』

騎馬戦は俺たち桜組の圧勝に終わった。

それは、こっちに圧倒的な力を持つお嬢様がいたからだ。

「麗子《れいこ》さま……！」

そう、麗子。

騎馬にまたがる麗子の手には、相手から取ったハチマキが握れないくらいの束になっていた。

競技中の麗子は、パワフルかつ俊敏《しゅんびん》な動きでフィールドを縦横無尽《じゅうおうむじん》に駆け回った。

敵を倒すだけでなくピンチの味方も助ける姿は、まさしく戦陣を駆ける姫騎士といった風格だった。

そして、もう一人は——。

「みゆき様……！」

みゆきだった。

騎馬にまたがる、凛《りん》として重厚な佇《たたず》まい。

麗子《れいこ》のように派手に動き回ったわけじゃないけど、粛々《しゅくしゅく》と前進しながら、気がつくとその手に相手のハチマキが収まっている。誰も止められない制圧、女帝の行進といった貫禄《かんろく》だった。

その手には、麗子とほぼ同じ数に見えるハチマキが握られている。

「お二人とも、騎士《きし》物語に登場する英雄のようでしたわ……！」

俺は無双シリーズみたいだと思った。

二人ともすごい迫力で、本気度がひしひしと伝わってきた。それは運動会という行事の範囲を若干超えているような鬼気迫るものだったけど、やっぱり全力でやってこそ行事は楽しいっていう精神なんだよな。いい学校ほど、そういうことをきっちりやるらしいしな。

そうに違いない。

そしてあと一人、目立っていたのは……白亜《はくあ》だった。

藤組唯一《ゆいいつ》の生き残り。

その白亜は今、誰よりも高い位置からフィールドを睥睨《へいげい》している。

ヅラをかぶったメイドたちが組んだ、**ピラミッドのごとき三段騎馬**の頂上に座りながら。

『白亜さまには、何人《なんぴと》たりとも触れることができませんでした！』

当たり前だ‼

『すごいですね、分身の術！』

いいかげんみんな疑問を感じないのかなと思ってるんだけど、メイド《教員》があそこまで爽《さわ》やかに断言すると、お嬢《じょう》様たちは「そうなのかしら」となってしまう。

来客席に期待しても、ゆったりしたお金持ちたちは「おやおや」とばかり微笑《ほほえ》むだけで、誰もツッこもうとしなかった。

でもよくあんなピラミッド維持できるな……。

と思って見てたら、下のメイドたちがぶるぶる震えだす。

あ、崩《くず》れた。

観客たちからどよめきが上がったけど、無事だとわかると笑いになって、特に来客席からは拍手が起こった。

というわけで、この三人が目立っていた。

あとはまあ、俺も唯一《ゆいいつ》の男子だし、全力でやってるから、それなりに目立ってると思う。

30話 ✢ 麗子とみゆき

陽差《ひざ》しの色も濃くなってきた頃、最後のプログラム『桜藤リレー』が始まった。

幼稚園《ようちえん》から大学まで各学年の代表を出し、計一八人のチームによって競われる長丁場のリレーだ（走る距離は学年によって変わる）。

中等部二年まで来た現在、藤組リード。

『速い速い！　陸上部のエース、内藤春名《ないとうはるな》さまが藤組のリードをぐんぐん広げていきます!!』

バトンを受けた陸上部のエース（さっき入念にアップしてた子だ）が、さすがの速さで走っていく。

『桜組、ここでようやくバトンパス！　次の走者は、九条《くじょう》みゆき様！』

泰然《たいぜん》と立つみゆきが、無表情のままバトンを受け取った。

『陸上部のエースを相手に、みゆき様はどこまで差を縮めることが——うおうっ!?』

速え!?

どんどん差を詰めていく。

まったく風を受けていないような異次元の走りで、ぬるぬるとコーナーを曲がっていく。

抜けると、もう真後ろ。

内藤さんが走りながら振り向く。

『みゆき様が抜きます！　陸上部のエースを抜いちゃいます！　さすが九条様はどうかしていいます！　すいません失言でした!!』

次の走者につなぐ直前で――抜いた。

『さあ藤組、次は高等部陸上部のホープ、新田千鶴《にったちづる》さま！　対する桜組は、有栖川麗子《ありすがわれいこ》さまです！　はたして勝負の行方《ゆくえ》は!?』

みゆきと麗子のバトンパス。

素人目《しろうとめ》にもわかる、綺麗《きれい》な受け渡しだった。

麗子が加速。

ドンッ!!

そんな効果音が聞こえそうなくらいの、ドラゴンボールめいたダッシュだった。

藤組のランナーは追いつくどころか、差を広げられていく。

……なんだこれ。

リレーは、桜組が大差をつけての勝利に終わった。

勝利に沸く桜組サイド。

「麗子さま、なんてお速いのでしょう……！」

「みゆき様もですわ！　瞬《まばた》きしてる間に駆け抜けていかれたような……！」

感激しているお嬢《じょう》様たちの中で、一人が言う。

「もしお二人が競われたら、どちらが勝つのでしょう⁉」

「！　それは気になりますわ！」

同感だった。

麗子《れいこ》とみゆき。どっちも圧倒的なスペックで活躍《かつやく》をして、けど最後までぶつかる機会はなかった。

対決したら、どっちがすごいのか。どっちが上なのか。

純粋《じゅんすい》に興味を惹《ひ》かれる。

31話　ふじぐみ

『さあ！　いよいよ結果発表です！』

崎守《さきもり》さんの声が響《ひび》く。

閉会式、俺たち生徒は競技場に整列していた。

『最も高い点を獲得したのは、どのクラスでしょうか……!?』

ドラムロールが始まる。

お嬢様たちは、やりきった疲労と緊張の微笑《ほほえ》みを浮かべながら、大型ヴィジョンに注目する。

……タンッ！

ドラムロールの終了と同時に、結果が表示された。

幼稚園《ようちえん》　ねんしょう　ふじぐみ

『おめでとうございます！　神楽坂《かぐらざか》さまは幼稚園年少・藤組に編入することになりました！』

コケた。

列の一番端っこから、園児たちがきゃっきゃと喜ぶ声が聞こえる。

マジか……。

一緒《いっしょ》にカスタネット叩《たた》くのか……。

『よかったですね！　藤組のみなさん！』

上級生のお姉様方も、幼稚園《ようちえん》の子たちに温かい拍手を送っている。

まあ、考えてみたらこの結果にはなんの不思議もない。幼稚園は点数が甘々になってるはずだから。

『では続いて、会長からＭＶＰの発表です！』

とたん——会場がまた静まりかえっていく。

会長が、ゆっくりと登壇《とうだん》した。

その手には、名前が書いてあるらしき二つ折りのカードがある。

さっきよりもずっと強い緊張感が、会場を支配した。

……いや、それはさっきと違って俺も緊張しているからそう感じるのかもしれない。

会長がカードを広げた。

『第一五〇回清華院《せいかいん》運動会のＭＶＰは……』

——俺になってくれ、俺になってくれ、俺じゃなかったとしても麗子《れいこ》とか安心できる人になってくれ……。

『高等部一年桜組、有栖川《ありすがわ》麗子さまです』

俺のまわりから、きゃーっ！　と歓声が上がった。

「……えっ、えっ……？」

麗子が口許《くちもと》をおさえ、ぷるぷる震えている。そして、

「も、申し訳ございませんっ！」

俺に、がばっ！　と頭を下げてきた。

「いや――、」

『……と、同じく桜組の神楽坂公人《かぐらざかきみと》さま』

――え？

『さらに、中等部三年桜組の九条《くじょう》みゆきさま、中等部二年藤組の汐留白亜《しおどめはくあ》さま。以上四名が、同点となりました』

みんな、戸惑いで静まりかえる。

四人同点というのも意外だけど……なんで白亜が入ったんだろう。たしかに目立ってたけど、点を取ってたイメージではないような。

『ちなみに白亜さまは、会場を盛り上げたことが評価点となりました♡　やったね！』

心を読んだような恐ろしいタイミングで崎守《悪魔》さんが言った。

意外な結果を受け、お嬢《じょう》様たちがざわめく。

「どうなるのでしょう……？」

「三人ともが公人《きみと》さまにお願いできるとか？」

やめてくれ。

「！　もしかして、決定戦があるのでは？」

「えっ、そうなれば……」

「ええ」

「あのお二人の対決が実現いたしますわ……」

「夢のカードが……！」

そのとき——壇上《だんじょう》にいる会長の笑みが、いちだんと深くなった気がした。

『……という次第ですので』

会長がよく通る声で宣言した。

『以上四名によるＭＶＰ決定戦を行います』

32話　あの場所へゆきたい

俺たち四人の胸に、薔薇《ばら》の花がつけられた。

『身体差を考慮《こうりよ》して、決定戦は以下のルールで行います』

会長のアナウンスが響《ひび》く中、俺たちは白線を引かれたドッヂコートくらいの枠に入れられている。

『そのコート内で、互いの花を取り合って頂きます。取られたり、落としたりしたら負け。最後まで残った一人がMVPとなります』

バトルロイヤル方式ってやつか。

中学生と高校生をかけっことかで勝負させるのが公平じゃないのはわかる。特に白亜《はくあ》。

「公人さま」

麗子《れいこ》が苦笑しつつ、

「なんだか、おかしなことになってしまいましたわね」

「だな」

応《こた》えて、俺たちに注目する会場を見渡す。

余興に対する軽い浮かれぐあい、という感じだ。

「でもわたくし、やるからには力を尽くしますわ。公人《きみと》さま、どうぞお手柔らかに」

「ああ」

みゆきは目を閉じながらじっとしており、白亜《はくあ》もいつもどおりだ。

メイドが開始のピストルを構える。

麗子《れいこ》がゆっくりと距離を取った。

みゆきと白亜も。

コートの中に――――異様な緊張感が漂《ただよ》った。

なんでだろう。

勝ったところで俺に一つ「お願い」できるだけで、俺にできることなんてたいしたことじゃないのに。

なのにほら、麗子とみゆきがちらりと互いを見合っている空間は怖《おそ》ろしく張りつめていて、肌がヒリヒリする。かつて感じたことのない気迫。

なんでだ。やるからには全力で、ってことなんだろうか。

『ああ、言い忘れていました。ちなみに、神楽坂《かぐらざか》さまが勝利した場合』

俺は振り向く。そうだ。どうなるんだ。

『その場合は、神楽坂さまがそこにいる**三人のうち一人に、なんでも命令することができます**』

………は？

会場がざわめく。

「公人さまが、なんでも命令……？」

観戦するお嬢《じょう》様たちがつぶやく。

「……命令……」

「わ、わたくし変ですわ。なぜか胸がどきどきしてしまって……」

「わたくしもです。なんだか頬《ほお》が熱く……」

「──はうっ」

「留美子《るみこ》さま！」

「秋子《あきこ》さまが鼻血をお召しに！」

……いや、たしかに筋としては通ってるのかもしれないけど……。

「神楽坂さま」

みゆきがいつのまに目の前にいた。

「な、何？」

「神楽坂さまと争うことなど、私にはできません」

「……は？」

「どうぞ、お取り下さい」

胸を突き出してくる。

「私の花を取り、勝者になってくださいませ」

わけがわからない。

さっきまであんなに勝利への気迫が満ちていたのに、それがすっかり消え失《う》せている。

「ただ一つだけ、お願いがございます」

「……何？」

「勝者となった暁《あかつき》には……命令は私にお申しつけください」

じっとみつめてくる。その瞳《ひとみ》はなぜかちょっと潤《うる》んでいた。

「メイド長として、当校の生徒を神楽坂《かぐらざか》さまの欲望に晒《さら》すわけにはまいりません」

欲望て。

「それを引き受けるのも、担当メイドの責務と存じます」

くっつくほどに、詰め寄ってきた。

「命令はぜひ私に……」

メイド長のポーカーフェイスで囁《ささや》く。よく見ると、耳がほんのり紅《あか》くなっていた。

「き、公人《きみと》さま！」

横から、麗子《れいこ》が入ってきた。

「わたくしの花もお取りくださいませ！」

言って、胸を突き出す。たわわなバストについた薔薇《ばら》が、ぶるんっ！　と揺《ゆ》れた。

「そ、そしてあの……勝利したさいの命令はぜひわたくしに！」

……え？

「いえ、私が命令をお引き受けします」

みゆきが前に出てくる。

「いえ、わたくしが承ります！」

麗子が。

「えっと……二人とも？」

「私が」

「いいえわたくしが！」

「………（白亜《はくあ》）」

「白亜まで⁉」

三人に詰め寄られ、俺は後じさる。

わけがわからない。なんでみんな、そんな積極的に命令を引き受けたがるんだろう。

いや、そうか。

争いを避けたいっていう、お嬢《じょう》様の精神なんだな。俺に勝たせることで収拾をつけようと。

そして、そのペナルティは自分が引き受けるという犠牲《ぎせい》心なんだ。さすがは清華院《せいかいん》のお嬢様だ。

そのわりに三人の目が妙にギラギラしてるというか、互いを押しのけようとする圧迫感があるような気がするけど、うん、錯覚《さっかく》に違いない。
瞬間。
みゆきの手が、麗子《れいこ》の薔薇《ばら》に伸びた。
麗子が反射的にバックステップ。
「――っ!?」
「…………」
麗子とみゆきの視線が交差する。
みゆきが身を沈め――出た。
『おおーっと！　みゆき様が麗子さまに襲《おそ》いかかる！　開戦です！』
崎守《さきもり》さんの実況。
みゆきが麗子の薔薇に手を伸ばす。
麗子が手刀で迎撃《げいげき》。
刹那《せつな》、みゆきの腕が蛇《へび》のごとくしなる――フェイント。
真下からアッパー。
麗子が後ろ向きの反転《ターン》でかわす。

「――」

覚悟《かくご》を決めた目で、麗子が反撃に出た。

豪！　という勢いの腕突き。みゆきの薔薇を獲りにいく。

みゆきが手で払おうとする。

逆に弾《はじ》き返された。

みゆきはとっさに背を向け、背中を麗子の懐《ふところ》に滑り込ませる。一本背負いの体勢。

腕を極める――直前、麗子が力と速さで引き抜いた。

みゆきが前に逃れ、麗子がバックステップ。

向き合う。

しん……と静まりかえる会場。

『……凄《すさ》まじい攻防！　まさに清華院《せいかいん》の最強対決です‼』

趣旨変わってないか。

会場が勢いを増す波のように揺《ゆ》れ、歓声が弾ける。

「「「「麗子さま――――っ‼」」」」

クラスから声援が飛んできた。

その声に押されたように、

「――参ります！」

麗子《れいこ》が地を蹴《け》る。

豪、豪、豪。

連撃《れんげき》。

パワフルかつ速い。ミサイル連射のようだ。

俺は離れてるから軌道《きどう》が見えるけど、みゆきの位置だったらまったく追えないかもしれない。

みゆきがギリギリのところでかわしていく。

麗子の攻撃は花だけを狙《ねら》うクリーンで正直すぎるものだったけど、繰り出す身体能力《スペック》があまりにチートだから、みゆきですらかわすことしかできない。

「「「「みゆき様――――っ!!」」」」

中等部からの声。

麗子の腕が大振りで空を切ったところで、みゆきが――しゃがんだ。

懐《ふところ》に入りきった真下から、がら空きになった麗子の胸に突きを出す。

――取った!

ガッ!!

みゆきの腕を、麗子の両手が掴《つか》んだ。

「なにそれ!?」

俺は思わず叫ぶ。なんだその反射速度。

みゆきの目も、驚《おどろ》きに見開かれていた。

「ごめんくださいませ！」

麗子が掴んだ腕を捻《ひね》り、たぶん合気道の技で投げようとする。

みゆきの体が反時計回りに浮き上がった。

と、みゆきの腕が何か動きをして——拘束《こうそく》を解いた。

慣性で宙に放られながら、みゆきはクルクルッと回転し、着地した。

…………。

映画みたいな体術の応酬《おうしゅう》に、俺たちはただ、息を呑《の》んだ。

「……さすがは麗子さま。予想以上です」

みゆきが、す……と半身に構える。

「久しぶりに本気を出せそうです」

ほんとに映画だな。

「ではわたくしも、一切の遠慮《えんりょ》なく行かせて頂きますわ」

麗子がフゥーッと息を吐き、明らかに何かの武術の構えをした。

なんでもできると思っていた麗子は、本当に歌以外はなんでもできるようだった。

無言で見合う二人の間の空気が、痛いほどに引き攣《つ》れている。

……止めた方がいいんじゃないか？

俺は危機感を抱く。
この状態で続けたら、ケガをしかねない。
そのとき、強めの風が吹いて、来場者席からレースのハンカチが降ってきた。
ちょうど二人の中間に落ちる。
パシイッ！（ハンカチが謎の力で千切れ飛ぶ）
あ、これ絶対止めた方がいい。
「お、おい二人ともやめ——」
俺の声をきっかけにして、二人が跳んだ。
麗子《れいこ》とみゆきの腕がぶつかる。

ドンッッ!!

バトル漫画の音が出ちゃった。
ガッ！　ガガッ！　ドガガガッ……！
キュィンッ（相手の背後に回る）

キュィンッ（さらにその背後に回る）

バガンッ!!（二人の掌底《しょうてい》がぶつかる）

足元から砂煙がぼふんっと舞い上がる。

そしてまた超人バトルが再開される。

「やめろ！　やめろ二人とも！」

大声で呼びかける。けど、届いてない。

会場もすっかりボルテージが上がって、二人の攻防に拍手喝采《はくしゅかっさい》が送られていた。

止めないと。

でも、どうやって？

声は届かない。

じゃあ、二人の薔薇《ばら》を奪《うば》って失格にする？

ガッ！　ガガカッ!!

無理だ。

あんな凄《すさ》まじい攻防に、俺みたいな凡人が割り込む余地なんてない。

ドドッ！　ドドドッ！

あのめまぐるしく動く手足……脚…………太もも……

太ももが動いている。

やや細く、薄いけれど弾力のありそうな肉の乗った、高貴で艶《つや》やかなみゆきの太もも。

ラインといい質感といい「女性の太もも」という観念がイデア界からそのまま具象したような理想と調和の麗子《れいこ》の大腿《ふともも》。

その二対四本の太ももたちが絶え間なく震え、ときにぶつかり、絡み合っている。汗でしっとり濡《ぬ》れた肌に所々砂粒がこびりついていて、嗚呼《ああ》——どうしてぼくは砂じゃないのだろう。

一握の砂。

せめてもっと近くで見たい。

あの場所へゆきたい。

あの太ももたちが織りなす天国の門をくぐることができたなら——……

「…………？」

気がつくと、景色が変わっていた。

きょろきょろと見回す。

さっきまであんなに盛り上がっていた会場はなぜか静寂に包まれていて、みんなの視線が
——俺に集まっている。

そのとき俺は、自分の両手の違和感に気づいた。

見るとそこには……二輪の薔薇《ばら》。

『……神楽坂《かぐらざか》さまが光のごとき速さで二人から花を奪《うば》い取りました！　みゆきさま、麗子《れいこ》さま、ともに脱落!!』

おぉぉぉおおお、と地鳴りのような歓声が轟《とどろ》く。

「……え？」

振り向くと、麗子とみゆきがこっちを見ていた。

「すごいですわ公人《きみと》さま！　わたくし……感動いたしました！」

胸に手をあて、熱いまなざしでみつめてくる。

「さすがです、お兄様」

みゆきが頬《ほお》を上気させている。

「…………」

何が起こったのか自分でもわからないけど、とにかく二人の隙《すき》を突いて花を取ることができたらしい。

そして、わからないけど、見上げてくる白亜《はくあ》のまなざしが痛かった。

33話 これは責任を取るしかありませんね！

『さあ、残るは白亜《はくあ》さまと神楽坂《かぐらざか》さまの二人となりました！』

崎守《さきもり》さんが妙に嬉《うれ》しそうに言う。

『できれば白亜さまに勝利頂きたいところですが、神楽坂さまが勝っても色々やりようはあります！　この展開は私得！　もう私が優勝したと言っても過言ではあ——（ブツッ）」

放送が途切れた。たぶん霧生《きりゅう》さんあたりにコードを抜かれたんだろう。

俺の前には、白亜。

「…………」

「…………」

互いに動かない。

やりにくいな。この状況、どう処理したらいいんだろう……。

そのとき。

白亜が俺めがけ走ってきた。

薔薇《ばら》に手を伸ばしてくる。

「！　おっと」

思わずかわした。

白亜は三歩もたたらを踏んでようやく止まり、ぐらりとバランスを崩《くず》しそうになったのを立て直し、振り向いてきた。

動きのひとつひとつに、運動できない子感が満載《まんさい》だった。

また向かってくる。

かわした。

向かってくる。

かわした。

白亜がつまずき、

びたんっ！　とうつぶせに転んだ。

「白亜！」

駆け寄り、抱き起こす。

「大丈夫か？」

「…………」

白亜は何も応《こた》えず、唇にむっと力を入れていた。

悔《くや》しい。――いや、自分を情けないと思っている表情だった。

「あーっ！　神楽坂さまが白亜さまにケガさせた！」

外野から、ラボのメイドたちがはやし立てる。

「これは責任を取るしかありませんね！」

「そうです、セキニン取ってください！」

「この公文書に、住所氏名本籍《ほんせき》初婚・再婚の別等々を書いて捺印《なついん》したものを市役所に提出してください！」

なんの公文書か俺は見てないし、見る必要もない。

白亜《はくあ》が俺から離れて、のろのろ体勢を整える。

まだやる気のようだ。

「…………」

どうしようかな。

今すぐ白亜の薔薇《ばら》を取ることはできる。

けど、すっごくやりづらい。

考えてみると、白亜が勝ったところで俺にしてくるお願いなんて知れてるだろう。

なら、わざと取らせてやるっていうのも……？

その思いが、俺の体から力を抜かせた。

「何をしているのですか」

横から、みゆきが低い声で囁《ささや》いてきた。

「まさかこの期に及んで、わざと負けてあげようなんて考えているのではないですか？」

「そ、そんなこと」

「じゃあ……戦わなくちゃダメでしょ？」

みゆきのまなざしが刺してくる。それは闇《やみ》の中に輝く地獄《じごく》の星のような瞳《ひとみ》で、なんでそんな怖《おそ》ろしい目で見てくるんだろうと意味がわからないながらも、冷や汗が止まらない。

「それとも……**何か……特別な感情が妨《さまた》げになってるの？**」

俺の沈黙が何か誤解を与えたらしく、闇の輝きが幼児がちびるレベルにまで膨《ふく》らんだ。

ぶちっ。

白亜《はくあ》が、俺の胸から薔薇《ばら》の花を取った。

「………へ？」

見下ろすと、白亜は無表情ながら、どうだやってやったぞというドヤオーラ。

『やりました！　白亜さま大勝利！　白亜さま大勝利ですっっ!!』

崎守《さきもり》さんの明るい声が夕空に響《ひび》く。

ラボのメイドたちが万歳三唱。

こうして、運動会は幕を閉じた。

TIPS

人間椅子・有栖川正臣　２脚目

麗子《れいこ》の兄、正臣《まさおみ》はイケメンである。

妹に劣らない才色《さいしょく》兼備《けんび》の完璧《かんぺき》超人であり、所属する大学アメフト部には彼とお近づきになりたい女子マネが十二人も所属し、熾烈《しれつ》な玉の輿《シャドウゲーム》を巡る女の戦いを日々繰り広げていたりする。

しかし正臣は妹の麗子以外にはまったく興味がない廃人《はいじん》レベルのシスコンであり、女子マネたちのシャドウゲームは無精卵を温めるがごとき無為なのだが、それはさておき。

清華院《せいかいん》運動会の前日。

彼は、四つん這《ば》いの椅子《いす》にされていた。

「正臣くん」

彼の背に座る佐々木《ささき》小鞠《こまり》が、ふんわりと呼びかける。

ボブショートに柔和な顔立ち。正臣の幼なじみで、アメフト部のマネージャー。唯一《ゆいいつ》正臣にアピールしない女子マネとして、部員たちから「天使」と呼ばれている。

「どうしてこうされたのか、わかった？」

平時の沖田《おきた》総司《そうじ》のごときやさしい笑顔で、椅子にした正臣に問いかける。

「…………」

四つん這《ば》いのイケメンは、数学の難問を突きつけられたような表情でじっと床に目を落としている。

「ヒント、いる？」

「……もらえると助かる」

「ここは、どこ？」

「家電量販店の、最上階の階段踊り場」

薄暗いスペースには、他に誰もいない。

「ここに正臣《まさおみ》くんは、ビデオカメラを買いに来たんだよね」

「そうだ。明日は麗子《れいこ》の運動会がある。世界一可愛《かわい》い妹の姿を撮るには、最高のカメラでなくてはならない。そのことに今さらながら気づいたのだ。不覚だった。だが恥ずかしながらオレはこういった店での買い物に馴染《なじ》みがない。そこで佐々木《ささき》にも同行を頼んだ」

正臣は、はっとなり、

「それがいけなかったのか？」

「違うよ」

「！　違う、のか……」

そこそこ自信のあった解答らしく、表情が困惑を深めていく。

「わからない。では、なんだというのだ……？」

「続けようか。正臣くんはわたしとこのお店に来て、最新型のビデオカメラを買った」

「ああ。新しい規格で、ものすごく画質がいいらしい。だが同時に扱いが難しそうだと感じた。使いこなすには、相応の準備が必要だと」

「それでわたしに、なんて言ったんだっけ？」

「麗子を綺麗《きれい》に撮るために、**てきとうなモデルで練習したいから**お前を撮らせてくれと言った」

「どう？　わかったかな」

正臣は真摯《しんし》な面持ちで悩み、やがて背中に座る小鞠《こまり》を振り仰ぐ。

「すまない。さっぱりわからな――――ぐあッ!?　さ、佐々木っ！　なぜそんなに勢いをつけてバウンドする!?　オレがいったい何をしたというんだ……!?」


その後二人は、デパ地下へとやってきた。

「わぁー…！」

小鞠が目を輝かせる。

都心のデパ地下には有名食料品店が軒を連ね、きらびやかなスイーツや、美味《おい》しそうな気配を漂《ただよ》わせるお総菜《デリカテッセン》が溢《あふ》れんばかりに陳列《ちんれつ》されており、大勢の客で賑《にぎ》わっていた。

「せめてものお礼とお詫《わ》びに、好きなものを買ってくれ」

「ふむ。まあいいでしょう」

小鞠《こまり》がおどけて言って、軽い足どりで歩きはじめる。

「おお」

ケースに並ぶ秋の限定ケーキをみつめる。

「おう、おう」

色も鮮やかなパストラミビーフに感心したような声を出す。

「決めたか？」

「早い。ゆっくり見せてよ。ウインドウショッピング」

「？　食べ物だぞ」

「一緒《いっしょ》。見て楽しいの」

「むう……」

正臣《まさおみ》はよくわからないという渋面になる。

と。

「いかがですか？　ただ今ベルギービールの試飲をやっています」

お酒屋さんの試飲コーナーで足を止めた。

「佐々木《ささき》、ちょっと寄っていいか」

「ビール？　正臣くん、好きじゃないでしょ？」

「だからこそだ。苦手は克服《こくふく》しなければならない」

「べつにいいと思うけど。らしいなぁ」

小鞠がくすりと苦笑いを浮かべる。

「ワインは好きになった。合宿で夕霧《ゆうぎり》が持ってきてくれたものが美味《うま》かったからな」

夕霧というのは、正臣を慕《した》う後輩女子マネの名前だ。おっぱいがでかい。

「そうなんだ」

小鞠の声の温度が微妙に変わった。ちなみに彼女は、名が体を表すようにおっぱいが小鞠だ。

「すいません、頂いてもいいですか。二〇歳です」

「はい」

女性店員は正臣のイケメンぶりに明るい目をして、小さいプラスチックのコップを差し出す。

「こちらは修道院で造られたビールで、飲むとあとからスパイシーな香りが上がってくるのが特徴です」

「……おお……たしかにスパイスの香りがする。面白い」

正臣の反応に気をよくしたように、女性店員がいそいそと別の種類の瓶《びん》を取る。

「佐々木もどうだ？」

「わたしはいいよ」

「そうか」

「本日はデートですか？」

女性店員がにこやかに聞く。

「違います」

正臣《まさおみ》が普通に返した。

「彼女には単に買い物に付き合ってもらっただけです。ただの幼なじみというだけなのに休日に引っ張り出してしまって、申し訳なく思っています」

「幼なじみなんですか」

「ええ、幼稚園《ようちえん》から大学の今まで。付き合いばかりが無駄《むだ》に長くて、互いになんとも思ってない間柄なのですが。まあ今日は特別というか、やむを得ない事情があったので仕方なく」

小鞠《こまり》がにっこりとした微笑《ほほえ》みを浮かべながら、ケースに入れられたビールの小瓶《こびん》を一本一本取っていく。

そして、

「正臣くん」

「なんだ？」

小鞠が、束ねた瓶を正臣の口に突っ込み、ゴッ！　ゴッ！　と飲ませた。

「もしもし。わたし、アメフト部マネージャーの——あ、そうです、佐々木《ささき》です。お世話になっています。実は正臣さんがちょっと飲み過ぎてしまって……ええ。あはは、おばさまったら。それで正臣さん、明日に出かける用事が——ですよね、申し訳ありません。——え？　はい、そう言って頂けると——はい、はい、では失礼いたします」

かくして正臣は、運動会に行けなかった。

34話　とりあえず、話はそこで終わった

運動会翌日の振替休日。

俺はひととおり惰眠《だみん》を貪り、ベッドの上で「そろそろ起きてメシ食おうかな」とか思いながらぼんやりしていたところだった。

カーテン越しの窓の外から、山鳥の声。涼しげな木のざわめき。セミはもういない。

昼近くだけど冷房もつけていない。清華院《せいかいん》はすっかり秋の気配になりつつあった。

ガチャッ。

白亜《はくあ》がドアを開けて入ってきた。

俺が寝てるのを確認すると、こっちに寄ってきて、ベッドの上にぽふん。と座った。おとなしく待ちつつ、それとなく「早く起きないかな」オーラを出すいつもの戦法だ。

俺はそんな白亜の横姿を微笑《ほほえ》ましく眺《なが》めつつ、

——ああ、そういえば。

「白亜。願いごと、何にする？」

振り向いてきた。

「好きなメシ作ってやろうか？　それともピクニックとか行くか？」

「…………」

どうもピンとこないようだ。

「べつになんでもいいぞ」

なにげなく言うと、白亜がほんの少しの間を置いて、

「……なんでも？」

たしかめるように聞いてくる。

「ああ、なんでも」

すると白亜が、無言で天井を見上げる。考えているようだ。

しばらくして。

ゆっくりと顎《あご》を引く。

「決まったか？」

「……じゃあ」

「うん？」

「よく、考える」

その白亜の返事に、俺は気軽に「おう」と応《こた》えた。

とりあえず、話はそこで終わった。

そのとき、ケータイが鳴る。

見ると、お袋からの着信だった。

なんだろう。

「……もしもし？」

エピローグ

俺はタクシーを降り、市民病院の自動ドアをくぐった。

待合のイスにかけている患者《かんじゃ》たち。

こんなにいるのかって驚《おどろ》く。病気やケガで病院に来る人たちがこんなにいるんだ。普段はまったく意識しないのに。

案内を見る。……よくわからない。見慣れてないせいか、気持ちが焦《あせ》ってるのか。

聞いた方が早い。

俺は受付のカウンターで書類を運んでいた看護師さんに声をかけた。

「あの、507号室ってどこですか」

教えてもらったとおりに歩いて、エレベーターを発見。乗った。

上がってる最中に、メールで部屋番号を再確認する。

恵理《えり》が、交通事故に遭《あ》った。

チャリに乗っていて、交差点で車とぶつかった。

意識をなくして、救急車で運ばれた。

お袋からの電話を受けてすぐ、俺は清華院《せいかいん》を出た。

最寄《もよ》りの駅まで車で送られ、そこから電車で六時間。その間、病院にいるお袋から断続的に経過が届いた。

『命に別状なし』

『脳に異常なし』

『打撲《だぼく》と足のねんざ』

『意識回復』

最後のメールを一つ前の駅で見たときは、人目も憚《はばか》らず大きく息を吐いた。

安心した。

もう大丈夫だろうけど、せっかくここまで来たので顔を出すことにしたのだった。

五階に着いて、エレベーターの扉《とびら》が開く。

廊下に出たとたん、病院の臭いがつんと強くなる。これ久しぶりだな、と思う。

プレートを見つつ進むと、突き当たりの個室だった。

コンコン。

「神楽坂《かぐらざか》です」

ちょっとの間があって、引き戸が開く。

恵理《えり》のおばさんだった。

あいかわらず綺麗《きれい》だったけど、

「公人君《きみと》……」

その表情を見た瞬間――俺は、こわばった。

「なんかあったんですか」

「ああ、ええと……」

俺はベッドを見た。

そこにパジャマ姿の恵理がいて、起こした上体をベッドにもたれさせていた。

俺に気づいて、軽く目を見開く。

なんだ……大丈夫そうだ。

「とりあえず、入って」

おばさんが体をどける。

「失礼します」

隅《すみ》っこの丸イスに、お袋がかけていた。

目が合うと、何か困ったような色を浮かべる。なんだろう、よくわからない。

俺はベッドのわきまで行く。

「大丈夫か、恵理？」

恵理ははにかんで、

「うん。ありがとう、神楽坂くん」

「大変だったな」

「ごめんね、心配かけちゃって……」

「いや」

……………………ん？

なんだろう。違和感がある。

ものすごく何かが違うのに、それが何か、まだはっきりしない。

とりあえず会話を続ける。

「でもまあ、軽いケガでよかったな」

「うん。神様に感謝しなきゃ」

……………恵理が神に感謝……………だと…………？

「――ううん、それよりもっ」

恵理《えり》が姿勢を正し、ベッドをちょっと跳ねさせた。

そしてもじもじと両手の指を動かしつつ、

「神楽坂《かぐらざか》くん、すごく遠くからお見舞いに来てくれたんだよね？　わたしね……そっちの方がうれしい」

声を小さくさせながら、顔が林檎《りんご》みたいに赤くなる。

それから、とても純粋《じゅんすい》に光る瞳《ひとみ》で俺を見上げて――

「ありがとう、神楽坂くん」

眩《まぶ》しく微笑《ほほえ》む。

………俺は、茫然《ぼうぜん》となった。

明らかにおかしい。

こんなの恵理じゃない。

――いや。

見覚えがあった。

いつかどこかで、こんな表情をする恵理を見ていた気がする。

「……公人《きみと》」

お袋がイスから立ち、俺を呼ぶ。視線で、外に出るよう促《うなが》してきた。

「ごめんね恵理ちゃん、ちょっと公人に話あるから」

愛想笑いをするお袋に続いて、俺は病室を出た。

もちろん、意図はわかっている。

「……恵理、どうしたんだ？」

俺は聞いた。

するとお袋はためらうふうに目を泳がせたあと、口を開く。

「恵理ちゃんね、事故のショックで記憶が混乱しちゃってるらしいのよ」

「………記憶が混乱？」

「あのね」

お袋が続ける。

「頭の中が、子供の頃に戻っちゃったの」

…………え？

つづく

あとがき

平素より一迅社文庫をご愛読いただきありがとうございます。

『俺がお嬢様学校に「庶民サンプル」として拉致られた件』をご愛読の皆様、はじめまして。

一迅社会長、原田と申します。

つい先日、七月先生から直接依頼を受けまして、どういうわけか今回は、私があとがきを書かせていただくことになりました。


本作は、今年7周年を迎える一迅社文庫で、初のアニメ化作品となります。

「ヒロイン全員がお嬢様」という、ありそうでなかったコンセプト、そして庶民とのギャップから生まれる笑いを私も楽しんでいます。

皆様には、それぞれお気に入りのお嬢様がいることと思いますが、私はと言えば、さすがにいい年なので、もっぱらエンタテインメント作品としての構成のすばらしさに魅せられています。

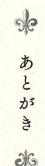

アニメーションになり、可愛らしいヒロインたちが動き回るのが今から楽しみです。

制作も順調に進んでいるとのことですので、皆様も楽しみにお待ちいただければ幸いです。

一迅社でもメイドさんを雇えるくらい大ヒットしてくれることを願っています。

それでは、これからも一迅社文庫及び、『庶民サンプル』を宜しくお願い申し上げます。

株式会社　一迅社　会長
原田　修

九条さんのドS相談室

九条です。
ゴミというのは、掃除しても再び溜まるものですね。
いえ、あなた達のことではありませんよ？
では、いくつかお答えさせて頂きます。

Q 日常に刺激が足りないので刺激がほしいです。
（茨城県・ヨッシー）

指に針を刺すと、刺激を得られます。

Q 迷惑メールが来すぎて困っていますどうしたらいいですか？
（福井県・ぺっぺけぺー）

それはお困りですね。ところで、
そもそもあなたにメールアドレスは
必要なのでしょうか？

Q 女性とうまく話せません。どうすれば落ち着いて会話が出来ますか？（神奈川県・はぜる）

印象が悪くなると恐れるから、緊張するのです。
あなたの印象は**これ以上悪くなりません。**
落ち着いてどうぞ。

Q 公人さんみたいな優しいお兄ちゃんが欲しいです。どうしたらいいですか？ というか公人さんが欲しいです
（東京都・ぺこぽん）

是非アドバイスしたいので、今から言う場所に夜、
一人で来て頂けないでしょうか。
くれぐれも誰にも見られないように。

相談室では、みなさまからの悩みを募集します。
都道府県とペンネームを記載の上、次の宛先までお送り下さい。

メール　Kujyou-ds@ichijinsha.co.jp
郵　便　〒160-0022　東京都新宿区2-5-10　8F
株式会社一迅社ノベル編集部「九条さんのドS相談室」係

コーナーの趣旨を理解できる『紳士』の方に限るとのことです。

なお、採用させて頂いた方には、私の肖像画（カラー版）を用いたクリア栞を差し上げます。
ご希望の方は、住所氏名も添えてください。

2015年10月20日発売予定

次

恵理、怒

デ

俺《おれ》がお嬢様学校《じょうさまがっこう》に「庶民《しょみん》サンプル」として拉致《らち》られた件《けん》9

七月隆文《ななつきたかふみ》

発行　二〇一五年二月一日　初版発行

発行人　杉野 庸介

発行所　株式会社 一迅社
〒一六〇－〇〇二二
東京都新宿区新宿二－五－十　成信ビル八階
電話　〇三－五三一二－七四三二(編集部)
〇三－五三一二－六一五〇(販売部)

装丁　百足屋ユウコ&ナカムラナナフシ(ムシカゴグラフィクス)

印刷・製本　大日本印刷株式会社

一迅社文庫

© 2015 Takafumi Nanatsuki　Printed in Japan　ISBN978-4-7580-4668-8 C0193

作品に対するご意見、ご感想をお寄せください。

〒160-0022 東京都新宿区新宿2-5-10 成信ビル8階　株式会社 一迅社 ノベル編集部
七月隆文《ななつきたかふみ》先生 係／閏月戈《うるうげっか》先生 係